ぼくらの天使ゲーム

宗田 理

角川文庫
18663

目次

プロローグ

それは、何度思い出しても楽しい夏休みだった。

あの河川敷《かせんしき》の近くにあった無人工場を子どもだけの解放区にし、教師やおとなたちと戦った一週間。

最後の撤退《てったい》だって、おとなたちの貧困な頭では、想像もつかない見事なものであった。

あんなめちゃくちゃなことをやっちゃったんだから、あとで罰《ばつ》をくらうことはみんな覚悟していた。

けれど、教師も親たちも、そのことに触れるのを避けるみたいに何も言わない。

それが不思議でもあり、無気味《ぶきみ》でもあった。

ただ、このことだけはみんな言いわたされた。

それは、一年二組の生徒四十人は、夏休み中、けっして集団で会ってはならない、
サッカー部は解散するというものであった。

といっても、菊地英治《きくちえいじ》は相原徹《あいはらとおる》や安永宏《やすながひろし》、堀場久美子《ほりばくみこ》などとはこっそり会っていた。

久美子の父親千吉《せんきち》は、ＰＴＡの会長なので学校の事情にはくわしい。久美子の情報によると、校長の榎本《えのもと》、教頭の丹羽《にわ》、それに体育のトドこと酒井《さかい》は別の学校に飛ばされるということであった。

それからもう一つ、二学期になって新しい校長と教師が来たら、一年生のクラス替えをやるのだそうだ。

クラス替えというのは、一年に一回、四月にやるだけなのに、九月にやるのは異常だけれど、あれだけのことをやってしまったのだから、そのくらいのことはしかたない。

きっと二組をばらばらにして、八組全員の中に混ぜてしまうにちがいない。

英治にとって、二十人が解放区で過ごした一週間は、思い出すだけで胸が熱くなってくる。

あそこでは、二十人が一つになった。こんなことは一度もなかったのに。そして、思いきり戦った。

解放区の外でも、二十人の女子生徒がみんなで協力し、男子生徒をサポートしてくれた。

この一年二組が、二学期になったらばらばらにされる。

四十人を八で割れば五人、男二人に女三人か、男三人に女二人という組み合わせだ。

けれど、英治は相原やみんなと誓い合った。たとえばらばらになっても、またみんなで何か面白いことをやろうと。

夏休みが楽しかっただけにもうすぐそれが終ってしまうと思うと辛《つら》い。

英治は、夏の終りがこんなに淋《さび》しいものだということを生まれてはじめて知った。

1 一日一善運動

1

九月一日。

きょうが二学期の始業式である。すごい残暑だ。

英治は、朝食のトーストを牛乳で無理矢理のどに流しこんだ。ハムエッグもサラダも、とても手を出す気にはなれない。

「どうしたの？　食欲がないじゃない。きのうまではむしゃむしゃ食べてたくせに」

おふくろの言うとおりだけれど、夏休みと新学期では精神状態がちがうのだ。

とくにきょうのクラス替えのことを考えると、胸がつまって何も通らなくなる。

「夏休みに、あなたたちにはしたいことをさせてあげたんだから、きょうからはよく食べて、よく勉強しなさい」

――なにがさせてあげたんだからだ。

そう言いたいのをぐっと胸の奥にしまいこんで、

「うん」

と、いい子ちゃんぶった返事をした。

外に出ると、九月だというのに、真夏と同じ太陽がぎらぎらと照りつけている。

角を曲がったところで柿沼《かきぬま》産婦人科の柿沼直樹《なおき》とばったり出会った。柿沼はもやしみたいに白っぽい。

「カッキー」

英治は急に嬉《うれ》しくなった。

「お前、いつ帰って来たんだ？」

柿沼は、あのことがあってから、軽井沢《かるいざわ》の別荘に行ったきりだと聞いた。

「きのうだよ」

「それまで別荘暮らしか？」

「そういやかっこいいけど、じじいとばばあに監禁されてたの」

柿沼は、ふてくされたような顔を太陽に向けた。

「だけど、涼しくてよかったろう？」

「ちっとも。だって友だちが一人もいねえんだもん、退屈ったらねえよ。朝から晩まで勉強、勉強。アルバイトの家庭教師をつけられてさ」

「すっげえな。二学期はお前に差つけられちゃうな。おれなんて全然やってねえもん」

「ちがうってば」

柿沼は目の前で手を強く振った。

「その家庭教師ってのが大学生で、おれはそいつの別荘に行くんだけど、いつもガールフレンドが遊びに来てゲームやってやがんの」

「お前もやったのか？」

「やったなんてもんじゃねえよ。ゲームばっかりさ。だから、こんどはお前とやってもちょっと負けねえぜ」

残念ながら英治はゲームは持っていない。両親ともゲームをやると勉強しなくなると信じているので、けっして買ってはくれない。

「じゃあ、けっこう充実してたじゃんか」

「うん、まあな。その大学生ってのは医大生なんだけど、もうじき医者が余っちゃうんだって。だから、いまさら勉強してなってみたところで、むだだってさ。医大生が言うんだからまちがいないだろう。そう思ったら勉強する気なくなっちゃった」

学校に近づくにしたがって、懐しい顔に続々と遇《あ》い出した。

橋口純子《はしぐちじゅんこ》と中山《なかやま》ひとみが、深刻な顔をして喋《しゃべ》りながらやって来る。

「なんだ？　暗い顔しちゃって」

柿沼が聞いた。

「ほら、テニス部の片岡美奈子《かたおかみなこ》先輩知ってるでしょう」

「知ってるよ、三年のミス東中だろう」

ひそかにやった東中の美人コンテストで断然一位になったのが片岡美奈子で、将来はまちがいなくタレントになると三年、二年の連中が言い合っている。

「その片岡先輩が、夏休みにCまで行っちゃったんだって、もしかしたらどうしようって悩んでたから、私、柿沼君ちを紹介したんだ」

「ふーん」

英治も柿沼も、まだそっちにはあまり関心がない。

「きっと行くと思うから、大変なことになったら先輩の親には秘密にして柿沼君ちでなんとかしてあげて」

「そんなことできるわけないよ」

「おねがい。彼女両親にばれたら殺されちゃうんだって」

ひとみは大体オーバーである。英治はもう少しで笑いだすところだった。

「自分の子どもを殺す親がいるのか？」

「ほんとなんだよ。おろす費用はみんなでカンパするから。ね、おねがい」

純子とひとみが手を合わせた。

「そりゃ言ってはみるけどさあ。あんまり自信持てねえな」

「片岡先輩、もしばれたら屋上から飛び降りて死ぬって言ってんだよ。親に殺されるよりはましだって」

「わかったよ。なんとかしてみるよ」

柿沼はあまり自信なさそうに言った。向こうから谷本聡《たにもとさとる》がやって来た。全然陽《ひ》に焼けてないところを見ると、あまり外には出なかったらしい。

「お前、何やってた？」

「パソコンのソフトつくってたよ」

将来プログラマーになろうとする谷本は、ゲームで面白がっている英治や柿沼とはレベルがちがう。

「どんなソフトつくったんだ？」

英治が聞いた。

「うちの学校のセン公が一人ずつ消えて、最後に一人もいなくなっちゃうってゲームさ。こいつは、やってみるとなかなかむずかしくて面白いぞ」

「やらしてくれよ」

「うん。こんどの金曜日に二人でうちに来いよ」

「行く、行く」

　学校から教師が一人もいなくなってしまう。そうしたら、どんな学校になるのだろう。

　学校の近くまで行くと、校門の二十メートルくらい手前に安永宏《やすながひろし》が立って、三人に向かって手招きしている。

「どうしたんだ？」

　柿沼が聞いた。

「校門を入った両側に、セン公が十人ずつずらっと並んでるんだ」

「服装検査かな」

　柿沼は着ているシャツ、ズボン、靴《くつ》に目をやった。

「持ち物検査かもしれねえぞ。ヤバイもの持ってんのか？」

　英治は安永に聞いた。

「持ってねえ。というより生徒手帳を忘れちゃったんだ。まあ、校庭十周は覚悟してるけどさ」

　生徒手帳を忘れると、校庭十周というのが罰則《ばっそく》になっている。

　四人はそろって校門をくぐった。とたんに両側に並んでいる二十人の教師が、

「おはよう」

と、にこにこしながら言った。英治は慌《あわ》てて、

「おはようございます」

と、頭を下げ、小走りで教師の列の間を通り過ぎた。

「なんだ、あれは……。セン公の奴《やつ》、暑さで頭が変になったんじゃねえか」

安永は、ぽかんと口をあけたまま、続々と入って来る生徒たちに、

「おはよう、おはよう」

と、にこやかに言いつづける教師を眺《なが》めている。

「なんだかさあ、デパートの開店時間に入って行くみたいじゃん」

純子とひとみも、呆《あき》れたように眺めて校舎へ入ろうとしない。

「なあ、おれはやったことねえけどよ、挨拶《あいさつ》ってのは、目下《めした》の者が目上《めうえ》の者にするもんじゃねえのか？」

安永が英治に聞く。

「まあ、それが常識ってもんだ」

「セン公がなんでおれたちより先に挨拶するんだ？　しかも、わざとらしく笑い顔を見せたりしやがってさ」

「わかんねえ。きっと、おれたちと仲良くしようってんじゃねえのか」

「だけど気持ちわるいな。奴《やつ》ら何か企《たくら》んでるぞ。おれはそういう予感がする」

校舎の方から「クラス分けの発表が出てるぞお」という声がした。

みんな校舎に向かって走り出した。英治も走った。

校舎は四階建てで、四階が三年、三階が二年、二階が一年である。一階は入った正面に階段があり、その左側が職員室。あと理科実験室とか工作室、音楽室などはみんな一階にある。

クラス分けの名簿《めいぼ》は、職員室の前の廊下に張り出してあった。

一年一組のいちばん上に相原の名前があった。ずっと見ていくと小黒健二《おぐろけんじ》があった。二人あったんじゃ、もうないかもしれない。

英治の思ったとおり、相原とは別の三組にあった。三組では秀才の中尾和人《なかおかずと》が一緒だった。

それから中山ひとみもそうだが、ひとみと仲のいい橋口純子は二組になってしまって、二人で口惜《くや》しがって涙をこぼしている。

安永宏と谷本聡が六組、花火屋の立石剛《たていしつよし》は柿沼と同じ四組、ここには堀場久美子もいる。

プロレス中継の天野司郎《あまのしろう》は、デブの日比野朗《ひびのあきら》と同じ八組だ。日比野は夏休みに五キロは減量するといったが、かえって太くなった感じで、しきりに汗を拭《ふ》いている。

「大抵《たいてい》こんなところだとは思ってたけど、二組は完全にばらばらにされちゃったな」

みんなが怒り狂っているのをよそに、相原は冷静である。

「こんや六時、河川敷《かせんしき》で会おうぜ。みんなにつたえといてくれ」

相原が英治の耳に囁《ささや》いた。英治はそれをすぐ隣にいた日比野につたえた。

2

午後六時になっても、暑さはいっこうにおとろえない。

その日荒川《あらかわ》の河川敷に集まったのは、英治のほかに相原、安永、柿沼、中尾、日比野、谷本、ひとみ、純子、久美子の十人だった。

「こんどの校長と教頭の名前笑っちゃったぜ。三宅音松《みやけおとまつ》に樺島勝次《かばじまかつじ》だって。オソマツにカバじゃんか」

日比野が言うと、みんな伸びきった夏草のうえで転げまわって笑った。

「おい見ろ、おれたちの解放区こわしてるぜ」

柿沼が対岸の工場跡を指さして言った。

「そうか、柿沼は東京にいなかったからな、こわしはじめたのはもう一週間も前からだ。あそこにスーパーを建てるんだってさ。な」

安永が久美子の顔を見ると「うん」とうなずいた。

「うちのおやじって商売うまいから、ちゃっかり仕事取ってるんだよ。ああ、そういえば武道館あるだろう」

「あのおんぼろか？　おれ何度も足を怪我《けが》しちゃったよ」

中尾は部活《ぶかつ》が剣道部なので、武道館はよくつかうが、床板《ゆかいた》がいかれているので、ときどき怪我するのだそうだ。

「あれ建て直すんだって」

「どうして急にそういうことになったんだ？」

中尾が聞いた。

「立派な武道館をつくって、これからは生徒に魂を入れる教育をするんだってさ」

「魂をどうやって入れるんだ」

日比野が言うと柿沼が、

「口からさ。だけど、腹はふくれねえぜ」

「おれは魂よりトンカツの方がいいな」

日比野は、ひとまわり大きくなった腹をぽんぽんとたたいた。

「お前、夏休みに五キロ減量するって言ったじゃんか。あれどうしたんだ？」

英治は日比野の腹を見つめながら言った。

「あれか、あれは十月からやる」

「きっとか？」

「きっとだ」

言ったとたんみんなが笑いだした。

「とにかく、うちのおやじは建て替えれば儲《もう》かるだろう。だから市会議員とか教育委員会にネジ巻いたらしいよ」

「お前んちのおやじって、そんなにカオか？」

「うん。この間おふくろと話してたけど、おれはえらい奴《やつ》のタマキンをにぎってるから大丈夫だって」

「タマキンにぎると、どうして大丈夫なんだ？」

日比野が英治に聞いた。

「知らねえよ。にぎってみろよ」

日比野は自分のをにぎってみて、

「別になんともねえや」

と言った。

「なあ、朝礼の校長の話、頭にくると思わねえか？」

安永は、草をむしってはたたきつけている。

「うちの中学は、日本中に恥をさらしたとはなんだよ。わるいのは自分たちのくせに、生徒には温情を持って一切罰《いっさいばつ》はあたえないだって」

「そのあとがいいじゃんか。私は東中を日本一素晴《すば》らしい中学にしてみせるだとよ。まったく、言うことがオソマツだぜ」

　またみんなが笑った。

「あのオソマツって野郎《やろう》、言いたいことがあったら、いつでも私のところに話しに来なさいなんちゃって。前の校長にくらべると、やけに話のわかるいいおじさんって感じだけどあれはクサイ。そう思わない？」

　久美子が言うとひとみが、

「クサイ、クサイ。校門にセン公並べておはようなんて言わせちゃってさ」

「肛門《こうもん》はクサイよな」

　日比野はせっかくのジョークがうけなかったので、がっかりしている。

「部活《ぶかつ》以外、五人以上で集まっちゃいけねえってんだろう。そんなのねえよ」

　安永はあんまり草をむしるので、まわりの草がなくなってしまった。

「こうやって十人も集まってるところがばれたらヤバイぜ」

　谷本は周囲を見まわした。つられて英治も見たが、教師らしい人影は見あたらなかった。

「そこで、おれたちはどこで集まるかだ」

中尾がぽつりと言った。こういうとき、中尾は何か考えを持っている。みんなの視線が中尾に集中した。

「みんな一応塾へ行ってるんだろう」

「行ってるよ」

みんな口ぐちに答えた。

「おれは行ってねえ。だって、中学でやめて大工《だいく》になるのに、どうしてそんなに勉強しなきゃなんねえんだ？ おれ、鳥になりてえよ。そうすりゃ、ああやって空を自由に飛んでられるじゃんか」

安永が見上げる空に、とびが大きく輪を描いて飛んでいた。

「安永はそれでいいんだ。そこでみんなは、いま行ってる塾を相原のところに替えるんだ」

「おれんちに？」

相原は、おどろきとも困ったともつかぬ顔で、

「おれんちの塾は、どっちかというと落ちこぼれ相手なんだ。だから、成績が上がると期待してもらうと困るんだなあ」

と言った。

「そんなことはどうでもいいんだよ。ただ、塾に行くって言えば、みんな集まれるだ

ろう」

「さっすがあ」

みんな中尾のアイディアに感心した。

「だけど、おれんちの親たちは元全共闘《もとぜんきょうとう》だからな。あそこに行くとアカにされるって反対する親もいると思うぜ」

相原は、いつもに似ず消極的だ。

「そう言われたら、親の言う塾に行くと言えばいいのさ。ただし、行くと見せかけて相原進学塾へ行く」

「それいいね。それならだれにも文句言われないよ」

純子が言うと、安永がちょっと遠慮がちに、

「おれ、勉強しなくても行っていいかな？」

「もちろんさ。どうせみんな勉強なんてしねえんだもん」

相原が言うと久美子が、

「そうよ。勉強なんてするわけないじゃん。安永君が来なきゃ面白くないからおいでよ」

「そうか。みんながそう言ってくれるなら行かしてもらうぜ」

とびは依然《いぜん》として空高く、悠々《ゆうゆう》とまわっている。英治は安永の気持ちがわかる気が

した。

「よし、これで集まる場所はできたと」

中尾は満足した顔で、英治と同じように空を見上げて、

「鳥はだれからも勉強しろなんて言われねえもんな」

とつぶやいた。

「中尾でもそんなこと考えることあるのか？」

安永がおどろいたように聞いた。

「そりゃあるさ」

中尾が言うと、安永はいかにも安心した顔をした。

「おれ、二学期に何やろうかなって考えたんだ」

突然相原が言った。

「もういっぺん解放区をつくりたいけど、だめかなあ」

日比野は、対岸のこわれかけている工場跡に視線を向けたまま言った。

「ああいうのはだめさ。そこでおれが考えたのは天使ゲームってやつだ」

「天使ゲームって、それパソコンか？」

谷本が聞いた。

「ちがう、天使ってのは神のお使いだろう。その天使がやる遊びさ」

「天使って、どんなことやって遊ぶの？」

純子が、まじめな顔で聞いた。

「どんなことやって遊ぶか、おれも実際見たことねえけど、きっといいことをすると思うんだ」

「いいことってなんだよ」

安永が聞いた。

「人のためになることとさ」

「つまんない。そんなブリッ子みたいな遊び、私おりた」

久美子が言うと柿沼が、

「大体、人のためになるってことはどういうことなんだ？」

「それをやってもらうと喜ぶことさ」

「相原、お前暑さで頭がいかれちまったんじゃねえか？」

「いかれてなんかいないよ。ほらテレビでひげの生えた爺《じい》さんが言うだろう。一日一善」

「なんだ、そりゃ」

「一日に一つ善《よ》いことをするってことさ」

「たとえばどうするか言ってくれよ」

「柿沼んちのおやじ、たばこ吸うか？」

「おれんちは吸わねえ。医者だからな」

「おれんちのおやじはヘビースモーカーだから、一日に六十本は吸う」

日比野が言った。

「そんなに吸ったら肺ガンになっちまう」

「それをおふくろも言うんだけど、言うことききかねえんだよ」

「そこでお前は、家にあるたばこに全部水をぶっかけちゃう」

「そんなことしたら吸えなくなっちゃうじゃんか？」

「そうさ。それがいいことさ。たばこは吸わねえ方がおやじのためだ」

「それはわかってるけどさ、おやじの奴《やつ》、しゃかりきに怒るぜ」

「怒ったって、いいと思ったことはやる。それが天使ゲームだ」

「それ、面白いね。たとえば、おやじが隠れて女と遊んでるのをおふくろにばらすなんていいこと？」

久美子が聞いた。

「そりゃいいことさ」

「私、天使ゲームに乗った」

「私も」

「おれも」

みんなたちまち同意した。

「おい、あした学校に行ったら、みんなそれぞれの担任にこう言おうじゃないか」

中尾はみんなの顔を見わたして、

「ぼくたちは、夏休みにやったことを反省して、二学期は一日一善運動をやろうと思います。そう言ってみろ、担任はすぐオソマツに報告するぜ」

「オソマツの奴《やつ》、感激して全校生徒に言うな。全校をあげて、一人一日一つ善《よ》いことをしようって」

谷本が言った。相原がつづけた。

「いいか、おとなとか教師は、おれたちに正直な、思いやりのある、年寄りを大切にする子どもになれと言う。そんなら、そのとおりやろうじゃねえか。そのかわり、いくら迷惑したって困ったって、知らねえよっていうんだ」

「あるある、そういうことならいくらでもある。やろうぜ。やってセン公やおとなたちを困らせてやるんだ」

英治は胸がわくわくしてきた。

「おれんちのおやじは酒を飲み過ぎるから、水で薄めてやるかな」

安永が言った。

「薄めても量を飲めば同じだ。酒の中に何か入れてやればいいんだよ。こしょうとか、しょうゆとか……」

日比野は言いながら笑っている。

「ばれたら、なぐられることは絶対だな」

「だって、おれはいいことしてるんだぞ」

「そうさ。それがおとなってもんよ」

相原ははっきりと言いきった。

「これで、二学期も楽しいものになりそうだね。ほんとのとこ、私二学期のこと考えると暗くなってたんだ」

久美子は、ひとみ、純子と顔を見合わせてにっこり笑った。

3

英治たちが提案した一日一善運動は、各担任から校長に報告され、校長は三日の朝礼で全校生徒を前にして、感動的な口調で次のように話した。

もと一年二組の生徒諸君は、夏休みでの暴走を反省し、自発的に一日一善運動を提唱した。

正直に、弱い者には優しく、年寄りには親切に、そして不正は許さず。諸君がこういう心掛けで成長するならば、日本の将来は明るく、素晴らしいものになることを私は確信する。

もちろん、かつては汚名《おめい》を天下にさらしたわが校だが、こんどは美名《びめい》を天下に輝かすことになるだろう。

そしてこの運動は、わが校だけでなく、区から東京都、やがて全国に拡がってゆくであろうことを信ずる。

私は、君たちのような素晴らしい生徒のいる学校にやって来たことが何よりも嬉《うれ》しい。

どうか、全校でこの運動を推進し、明るい学校、明るい社会にしようではないか。

英治は校長の話を聞いている間中、暑さとおかしさを我慢するのに苦労した。話が終ったら、真っ先にトイレに駆けこんで、思いきり笑ってやろう。そう思って、唇《くちびる》を必死に嚙《か》みしめていた。

ホームルームの時間、英治は担任から、菊地はまず何をやるのかと聞かれた。

三組の担任は森嶋幹生《もりしまみきお》といって、英語の教師である。年は二十八歳でまだ独身ということであった。自称木枯《こがら》し紋次郎《もんじろう》というだけあって、わりかしかっこいい。

「ぼくは、先生を健康にしようと思います」

そのとたん、みんなが「うあ、クサイ」と言った。

「おれは今でも健康だぞ」

紋次郎は怪訝《けげん》な顔をした。

「じゃあ、なんで職員室の先生の机に胃の薬が置いてあるんですか？」

「ああ、あれはちょっと食い過ぎたときに飲む薬だ」

「ちがいます。あれは飲み過ぎたときに飲む薬だと養護教諭の西脇《にしわき》先生がおしえてくれました」

「まずいことを言ってくれたな。まあな、たまには飲み過ぎることもあるさ」

「飲み過ぎることもあるじゃなくて、先生は毎晩飲んでいます」

「どうしてそんなことを知ってるんだ？」

紋次郎の顔が微妙に変化した。

「それはぼくの情報網ですよ。先生の行くところは……」

「ちょっと待て」

紋次郎は手で制した。

「それ以上は勘弁してくれ」

「いいでしょう。そのかわり先生は一週間に二回以上飲みに行かないと誓いますか？」

「誓う」

「もし破ったら、ぼくの英語の点を十点増やしてくれること」

「それはちょっとできん相談だ」

「じゃあ、クラス全員を駅前のマクドナルドにつれて行って、食べたいものを食べたいだけ食べさせるってのはどうですか?」

「賛成」

クラス全員が拍手した。

「それも辛《つら》いなあ」

「ぼくは先生のためにいいことをしてるんですよ」

「よしわかった。やろう」

紋次郎は、腕一本切り落とされたみたいな悲痛な声をあげた。

「これで、おれのきょうのノルマは達成」

英治はみんなの方を向いて、Vサインを出して見せた。

「菊地、よく言ってくれた。お礼にこれからお前のテストは特に厳しく見てやる」

「それはないすよ。ぼくは先生のためを思ってやったのに、復讐《ふくしゅう》するなんてきたねえよ」

「復讐じゃない。お前のためを思ってやるんだから、これから特に英語を勉強すること。これで、おれもいいことが一つできたってわけだ」

最初は紋次郎をやっつけてやったと思ったが、これで勝負は五分五分になった感じだ。

少しばかり、紋次郎をなめ過ぎていたかもしれない。

その日の英語の時間が終って廊下に出ると、紋次郎がやって来て英治の肩をそっとたたいた。

「西脇先生、おれが毎晩飲みに行ってること知ってんのか？」

「知らないすよ。ぼくはただ薬のこと聞いただけだから」

「いいか、西脇先生には、おれが飲んでばかりいること、絶対に言うなよ」

「どうして？」

「どうしてって、知られたらかっこわるいじゃないか」

「先生、西脇先生に惚《ほ》れてるんだ。そうだろう？」

「ちがう、そうじゃない」

しかし、紋次郎の顔は赤くなった。

「正直に言えって校長先生が言ったばかりじゃないすか」

「正直もことと次第によるんだ」

紋次郎は苦しそうに言う。

「ぼくは西脇先生に聞かれたら正直に答えますよ」

「頼む。武士の情けだ」

紋次郎は手を合わせた。

「じゃあ、西脇先生が好きだって言いなよ。そう言えばぼくも黙ってる」

「好きだ。これでいいか？」

英治は、まるで怒ったように言う紋次郎がひどくおかしかった。

「先生、西脇先生に好きだって言ったんすか？」

「そんなことが、そう簡単に言えるか」

「じゃあ、ぼくが言ってやろうか？」

「そんなことをお前に頼んだら、一生お前に頭が上がらなくなるじゃないか。言うときは断固として言う。おれも男だ」

「早く言わないと、だれかにさらわれるかもよ」

「ほんとか？」

紋次郎のおどろいた顔。英治は紋次郎が好きになった。

――だけど。

西脇がだれかのお嫁さんになっちゃうのはちょっと淋《さび》しい。

急に保健室に行って、西脇の顔が見てみたくなった。あの解放区事件以来一度も会っていないのだ。

しかし、保健室に行くからには何か理由をつけなくてはならない。

頭が痛い。腹が痛い。

どっちでもいいや。保健室に入ってから考えよう。

英治が保健室に入って行くと、日比野がちゃっかりいた。

「どうしたんだよ。お前」

「腹痛なんだ」

日比野は大きい腹を押さえた。

「日比野君は食べ過ぎ。菊地君はどうしたの？」

西脇は、いくらか陽焼《ひや》けした感じだが、いっそうきれいになった。まともに見ると眩《まぶ》しいみたいだ。

「菊地君、あれから楽しいことあった？」

「別に……。先生は」

「私も。ちょっと旅行しただけ」

「トドには襲われなかった？」

「もう襲わないわよ。あなたたちが、あんなにやっつけちゃったんだもの」

西脇からそう言われると、胸を張りたくなる。英治たちはとにかく怪獣を退治したのだ。

「きょうは何？　どこかわるいの？」

西脇のこの優しい聞き方がぐっとくるのだ。

「ぼく？　頭が痛いんです」

口から出まかせを言った。さっき紋次郎と正直でなくてはいけないと言い合ったばかりなので、良心がちくりとした。

「寝冷えね。クーラー入れっぱなしで寝たんでしょう？」

「はい」

「だからよ」

西脇は体温計をくれた。こんなもので測ったって熱のあるわけがない。しかたないから、かっこうだけ腋《わき》の下《した》に入れた。息をつめて頑張《がんば》ってみたが、三六・四度しか上がらない。

「あら平熱《へいねつ》ね。大したことないわよ」

ここで少し休んでいきなさいという言葉をかすかに期待したのだが、やはり西脇は言ってくれなかった。

英治は日比野と一緒にしかたなく保健室を出た。

「お前の腹痛うそだろう」

「うん。お前の頭痛もだろう」

「先生にはばれてるかな」

「ばれてるよ。きっと」

「人間は正直でなければならない」

二人は顔を見合わせて笑った。


その日の帰り、柿沼は「ちょっと」と久美子から校庭の隅《すみ》に呼び出された。

そこにはひとみと純子のほかに、三年のテニス部の女子生徒が二人ほどいた。

「片岡先輩のこと、パパに話してくれた？」

まずひとみが口を切った。

「まだ」

「どうしてよ」

五人が柿沼を取り囲んだ。

「どうしてって、こういうことはそう簡単に言えないよ」

「簡単でないことはわかってるよ。だけど、放っといたら赤ん坊はお腹《なか》の中でどんどん大きくなってっちゃうんだよ」

「だけどさあ」

そんなことするからわるいんじゃないかと言おうとしたが、五人の女の目を見ると、とてもそんな雰囲気《ふんいき》ではなかった。

「だけど何よ」

「ううん、なんでもない」

「柿沼君」

久美子が一歩前に出た。柿沼は反射的に身を引いた。

「こんなこと言いたかないけど、君が誘拐《ゆうかい》されたとき、私たち女子生徒が、どのくらい苦労して隠《かく》れ家《が》を捜したかおぼえてる？」

「おぼえてるさ。あのときの恩は一生忘れないよ」

それを言われると柿沼はヨワイ。

「あのとき、どうしてみんなが一生懸命になったかっていうと、柿沼君の命がかかっていたからだよ」

あのとき、柿沼が監禁されていたアパートに安永と久美子が入って来ると、久美子はいきなり犯人の股間《こかん》にケリを入れた。あれは、いま思い出してもすごい迫力だった。あの一発で、犯人は完全にのびちゃったんだから。

「こんども私たちが一生懸命になってるのはさ、片岡先輩の命がかかってるからなんだよ」

「わかった。借りは返すよ」

「よかった」

みんな顔を見合わせてにっこりした。

「それに、天使ゲームやるって言い出したのは私たちじゃん。人の命を救うなんて、こんないいことはないと思うよ」

純子が、まじめな顔で言った。

たしかにそのとおりだ。

しかし、おやじを説得するのは容易なことではない。

この間も、高校生で妊娠した子が、秘密でおろしてくれと言ったけれど、結局両親を呼んだということを、おやじとおふくろが話していたことがあった。

まともな方法でたのんだのでは、おやじはけっして「うん」とは言わないだろう。

問題は、おやじに「うん」と言わせる方法だ。それを考えなくちゃ。

4

「直樹、おりていらっしゃい」

階段の下で母親の奈津子《なつこ》の声が聞こえる。

「はーい」

柿沼は読んでいたマンガの本を、本箱のうしろに押し込んで椅子《いす》から立ち上がった。机の上には、だれが見てもいまやりかけとしか見えない英語の参考書やノートがひろげてある。

柿沼は階段を二段ずつ駆けおりて、リビングルームに飛びこんだ。

父親の靖樹《やすき》はテレビの野球中継を見ている。こんやは巨人・阪神《はんしん》戦のはずだ。

「どっちが勝ってる？」

柿沼は、おそるおそる聞いた。巨人ファンというより狂の字のつく靖樹は、巨人が負けたとなると不機嫌《ふきげん》でとりつくしまもない。

「巨人さ」

靖樹は、ブランデーをちびりちびりやりながら上機嫌《じょうきげん》である。

――こんやはチャンスだ。

「お父さん、ちょっと聞きたいことがあるんだけど」

テレビがコマーシャルになるのを待って聞いた。

「なんだ？」

声もいつになく穏やかだ。

「きょう学校で聞いたんだけど、この夏休み中に妊娠した女子がいるんだって」

「妊娠？　だれよ？」

横から奈津子がきびしい声で聞いた。

「知らないよ。そういううわさなんだ」

「つまらんうわさなんかに関心を持たず勉強しろ」

靖樹は二言目には勉強しろと言う。

「だけど、それが事実だったら問題よ」

「中学生で子ども産んじゃうのかな」

「そんな……。産めるわけないでしょう。中学生に赤ん坊は育てられないんだから」

「中絶って簡単にできるの？」

「簡単ってわけじゃない」

靖樹が言ったところでコマーシャルは終ってしまった。コマーシャルが短過ぎることに腹が立ったのははじめてだ。

「その子、ほんとうに妊娠したかどうか、調べてみないとわからないかもしれないわよ」

奈津子が声をひそめて言った。

「どうして？」

「男の直樹にはわからないだろうけれど、女には毎月生理ってものがあるのよ。それが妊娠すると止まっちゃうの。ところが、妊娠でなくても、一か月もないってこともあるのよ」

「へえ」

そう言われても、柿沼には感覚的に理解できない。

「だから、調べてみたら妊娠じゃないかもしれないわよ」

「そうかあ」

柿沼の目の前が急に明るくなった。

「うちでも調べられるかな？」

「調べられるかじゃないわよ。うちはそれが専門じゃない」

「調べるのにも、その子の親がついて来なきゃだめ？」

「ほんとうはね。でもまあ、調べるくらいなら、お父さんにたのめばなんとかしてくださるでしょう」

柿沼はやっとケーキに手を伸ばした。医者なんて、お菓子のもらいものはごろごろしているので、大してうまいとも感じない。

「中絶は？」

「それはだめ。ちゃんとご両親の承諾《しょうだく》がなくては」

「だけど、彼女、両親にばれたら怒られるから死ぬって言ってるんだって」

「それは、だれでもそう言うわよ。若い娘がそんなことになって、怒らない親がいると思って……。言いたくないのはわかるけど、やっぱり言わなくちゃ」

「うちにもそういうひと、来たことある？」

「あるわよ。あのときはお母さんがついて来たわね」

阪神の岡田《おかだ》がホームランを打って、一挙に同点になってしまった。

「お前たちが、そばでごちゃごちゃ言うからだ」

靖樹は、阪神のホームランを妻と子どものせいにしている、柿沼はそれを無視して、

「だけど、なんにも聞かないで、おろしてくれるところもあるんだってね」

「そんなもぐり医者にかかったらえらいことになる。絶対いかん」

靖樹はいきなりどなった。

「直樹、あなたその子に相談されたの？　そうでしょう」

奈津子に見つめられて、柿沼はいそがしく瞬《まばた》きした。やってはいけないと思うのについやってしまう。

これで、うそをついていてもばれちゃうのだ。

「直樹、まさか、その相手はお前じゃないだろうな」

「なにおっしゃるの。直樹はまだ中学一年生ですよ」

「一年生なら、十分妊娠させることができる」

「あなたはそうだったかもしれませんが、直樹はちがいます。私に似てまじめな子なんですから」

靖樹は形勢不利と見たか、ブラウン管の方に視線を向けた。

――そうか。

片岡美奈子の相手を自分だということにしてしまえば話はちがう。

おやじもおふくろもおどろいて、美奈子の両親には秘密で中絶手術をやってくれるかもしれない。

こいつはグッドアイディアだ。しかし、被害は甚大《じんだい》だろうな。

「ねえ、お母さん」

柿沼は奈津子の耳に口を寄せて言った。

「ちょっとぼくの部屋に来てくれない？　話があるんだ」

二人はそっとソファから立ち上がり、リビングルームを出たが靖樹は試合に夢中で気がつかない。

「話があるって何よ。いいこと？　それともわるいこと？」

奈津子は、柿沼と向かい合ってベッドに腰かけた。

「よくないこと」

柿沼はわざと落ちこんだ声を出した。

「わかった。さっきのことね？」

「うん」

こういうときは、力を抜いてうなだれるのがいちばんだ。

「まさか、あなたが……？」

「そうなんだ」

ますます首を落とした。

「まあ、子どもだと思ってたのに……。お母さんは見損なったわ」

「ごめん」

「なにがごめんよ」

いきなりほっぺたをなぐられた。おふくろからほっぺたをなぐられたことははじめてだ。

「痛《いて》えッ」

借りを返すのもらくじゃない。

「どこで、どこでそんなことしたのよ？」

おふくろはもうパニック状態で、目もつり上がっている。

「軽井沢《かるいざわ》で」

「軽井沢で知り合った子？」

こうなったら、出まかせに話をつくるしかない。

「軽井沢銀座で知り合って、別荘に遊びに来ないかって言ったからついてったんだ」

「大きい別荘？」

「大きいよ。うちの二十倍くらい。まるで森の中みたいなんだ」

「そこには、お父さんやお母さんはいなかったの？」

「うん、ちょうど東京に帰ったところで彼女一人だけだった」

「ちょっと聞くけど、その子いくつ？」

「中学三年だって。なんでもパパは有名な会社の社長だって言ってたよ」

「ええッ、そんな立派なうちのお嬢さん？」

「うん」

奈津子は大きく息を吸ってから、

「それで、先に誘惑《ゆうわく》したのはどっち？　まさか直樹じゃないでしょう」

「どっちだか知らない。なんだか自然にそうなっちゃったんだよ」

「自然にそうなるなんてわけないでしょう」

こういうとき、どう言えばいいのだ。

「あのね、二人で庭でテニスやったんだよ」

「庭にテニスコートがあるの？」

「あるよ。そうしたら汗かいちゃったから、二人でシャワーを浴びようってことになったんだ」

「二人一緒に？」

「うん、そうしたら……」

「もういいわ。あとは聞かなくても」

奈津子は肩で大きく息をした。

「それからその子と、何度もそういうことをしたの」

「ううん、一回だけ」

「ほんとね？」

「ほんとだよ。でも、何度か会ったことはあるよ」

「軽井沢で一生懸命勉強してるとばかり思ってたのに、そんなことをしてたなんて」

「だって、あんなことで子どもができるなんて、全然考えてなかったんだよ。彼女もそうみたい」

「その子、何度もそういうことを経験してるみたいだった？　それともはじめてみたいだった？」

「こんなこと、はじめてだって言ったよ」

「あなたたち、そういうことをしたら赤ちゃんができるってことを、学校で習ってなかったの？」

「ぼくらはまだ習ってないよ」

「その子の名前聞かせて？」

「アコって言ってたよ」

　クラスの井原亜紀子《いはらあきこ》の名前をちょっと借りておいた。

「苗字《みょうじ》は？」

「知らない」

「別荘の門に表札があったでしょう」

「大岩《おおいわ》と書いてあった」

　柿沼は、旧軽《きゅうかる》で見た大きそうな別荘に、そう書いてあったのを思い出して言った。

「大岩といえば、大岩家よ」

「大岩家って何？」

「大岩家ってのは、明治以来の大金持ちで、私たちとはくらべものにならない名門よ」

「パパがすごくきびしいんだって」

「そうよ。あそこの家のお嬢さんが、中学三年で妊娠したなんてことになったら、たいへんなことになるわ」

奈津子はすっかり作り話に乗って、この上ない深刻な顔をしている。

「妊娠したってことがパパにばれたら、きっと殺されるから、それなら死んだ方がいいって」

「自殺するっていうの？」

「うん。だからぼくも困ってるんだ。もし彼女が遺書の中でぼくのことを書いたら、ぼくはどうなる？」

「あなたの将来はめちゃめちゃ。それどころじゃないわ。お父さんだってもうだめよ」

奈津子は、ほとんど泣き出しそうである。

「そうなったら、うち貧乏になっちゃう？」

「なるわよ、まちがいなく。あなたはたいへんなことをしてくれたわね」

「じゃあ、ぼくも責任をとって彼女と一緒に死のうか」

「バカッ」

また、ほっぺたをひっぱたかれてしまった。ここまで言うことはなかったのだ。

柿沼がしょんぼりとほっぺたを押さえていると、奈津子はちょっとやり過ぎたと思ったのか、

「とにかく家につれて来なさい。そこでほんとうに妊娠しているかどうか調べてみる

わ」

「親には秘密でやってくれるんだね？」

柿沼は念を押した。

「いいわ」

「それで、もし妊娠していたらなんとかしてくれる？」

「なんとかするしかないでしょう」

「彼女の親には秘密でだよ」

「それはお父さんに聞かないと、私一人ではいいとは言えないわ」

「彼女は、親をつれて来いと言ったら、死ぬと言ってるんだからね」

「わかってるわよ」

「そうしたら、ぼくも死ぬよ」

もう一度ひっぱたかれたらかなわないと思って、からだをうしろへよけたが、手は飛んでこなかった。

「いいからお母さんに任せときなさい」

「ほんと？　任せといてもいい？」

「いいと言ったらいいわよ」

「ありがとう。お母さま、神さま、仏さま」

柿沼は奈津子に飛びついた。奈津子はひっくりかえりそうになりながら、

「そのかわり誓いなさい」

「何を？」

「これから徹底的に勉強するって」

「誓います」

いまはこういうしかない。

「口先だけじゃだめよ」

「やるよ。きっとやる」

「それなら、いまからお父さんのところへ行って話してくるわ」

「おねがいします」

柿沼は手を合わせた。奈津子は部屋を出て階段をおりる。そしてリビングルームに入った。

それを見はからって久美子の家に電話した。柿沼の勉強部屋には専用の電話機があるのだ。

「もしもし」

久美子の声だ。

「おれだ。カッキーだよ」

「どうだった？」

「やったぜベイビー」

「やったの！　すっごいッ」

久美子は感激のあまりか、声がふるえている。

「くわしいことは、あした学校で話すけど、ほっぺたを二発なぐられたよ」

「どうして？」

「それはあしたのお楽しみ。バイバイ」

受話器を置くと、頰《ほお》の肉が自然にゆるんでくる。

――おれは人の命を救ったんだ。

両方のほっぺたはまだ火照《ほて》っている。しかしいまは、苦難を乗り越えて、エベレストを征服したような充実感で、胸がはちきれそうだった。

5

九月四日。

相原進学塾にはもと二組の生徒十二人が集まった。

そこで堀場久美子の口から、きのうの柿沼の英雄的行動が披露《ひろう》された。

「カッキー、お前もやるじゃんか」

安永が、思いきり柿沼の背中をたたいた。

「それほどでもねえさ」

「そうじゃねえ。やってもいねえのに、自分が身替わりになるなんてハンパな奴《やつ》には
できっこねえ。お前は男だ。見直したぜ」

「それもそうだけど、そういうことを思いついた頭も大したもんだ。こういうことを
ひょいと思いつけるのは天才型なんだ」

中尾にまで言われて、柿沼はすっかり照れた。

「おれだってさ、この前のときはドジだったために誘拐《ゆうかい》されちまって、みんなに世話
になっただろう。ちっとは借りを返さなきゃ」

「なんてったって、命を助けちゃったんだからな、すげえよ。だけど、おやじには文
句言われなかったか？」

相原もしきりに感心した。

「おやじは、きょうおれが学校へ出るとき、つれて来いって言っただけさ」

「それだけか」

日比野が聞いた。

「うん。だからおふくろの顔見たら、おふくろがうなずいてたから、これはＯＫだな

と思ったんだ」

「かっこいい。男はそうでなくっちゃ」

純子が派手な声を出した。

「そのかわり、おれは誓わせられちゃったんだ。必ず勉強するって」

柿沼は、それまで得意そうだったのが、急に情けない顔になった。

「勉強なら任しとけって。相原進学塾に通えば、必ず成績は上がる」

「ほんとか？　おれが通ってる塾では、相原に替わるって言ったら、あんなとこ塾じゃねえって言いやがったぜ」

宇野秀明《うのひであき》が言った。

「お前の行ってる大手の塾にくらべたら、おれんちなんて、象とアリみたいなもんだ。だけど、象の方がアリよりいいとは限らないぜ。大ききゃいいってもんじゃねえんだ」

相原がこんなことを言うとは英治にはおどろきだった。相原は、家の仕事のことなどには無関心かと思っていたのだ。

「宇野んちのあのおふくろが、相原に替わることをよくうんと言ったな。おれはそれが不思議だよ」

天野が言った。解放区での天野の過激なプロレス放送は、二学期になっても全校生徒の語りぐさになっている。

「うんと言ったんじゃねえよ。言わせたんだ」

「どうやって？」

「天使ゲームさ」

「一日一善か？」

「そうだよ。お前たち、うちに寝たきりばあさんがいるってこと知らねえだろう？」

「お前んちにばあさんがいるのか？　おれ、よく遊びに行くけど、いっぺんも見たことねえじゃんか」

「そりゃ、見せねえようにしてるからさ。年寄りはきたねえ。つまり粗大ごみみたいなもんだ。だから人様《ひとさま》の前に出してはいけないというのがおふくろの意見なんだ」

「おやじはなんとも言わねえのか？」

「言わねえよ。一言《ひとこと》言ったら百は言い返されるもん」

「寝たきり老人か？」

「ちがうよ。頭はボケてるけど……」

「ねえ、どのくらい？」

突然、橋口純子が口を挟《はさ》んだ。

「どのくらいって」

「たとえばさ、きょうは何月何日ってのはわかる？」

「さあ、どうかな。そんなこと聞いたことねえもん」

「それから、これテストしてみなよ。一〇〇引く七はいくつって、もし九三と言えたら、また七を引かせるんだよ。それができればボケじゃないよ」

「純子、どうして知ってるんだ？」

「私がかぜで病院に行ったとき、隣でテストしてるのを見たんだよ」

「おれなんて、計算がうまくできないとこみると、もうボケがはじまってるのかな」

安永は、ちらっと不安そうな表情を見せた。

「心配すんな、お前のはボケとはちがう」

相原が言うと、安永は「そうか」と安心した顔になった。

「うちのおばあちゃんは、徘徊《はいかい》老人というんだ」

宇野が言った。

「なんだ？　ハイカイ老人って」

「家を出て歩いて行くだろう。そうすると、帰ってくる道を忘れちゃうんだ」

「へえ、ちょっと考えられねえな」

「それだけじゃない。食べものに毒を入れられたって、近所に言いふらすんだ」

「そいつはきついなあ」

安永はいつになく真剣な顔で聞いている。

「おれたちの仲間で最初にボケるのは日比野かな」

「ええッ、わるい冗談《じょうだん》はよせよな」

日比野は柿沼に食ってかかった。

「冗談じゃないよ。お前のその目方だと、もうすぐ生活習慣病だな。そして、ころっとひっくりかえって、四十になったらボケだ」

「ほんとよ。このごろ四十くらいで、ころっと死ぬ人が多いんだって」

ひとみが言った。

「それがいやだったら減量することだな」

「だから、十月からやるって言ってるだろう」

「それがだめなんだよ。やるならきょうからはじめなくちゃ」

柿沼は医者みたいに突き放した言い方をする。

「うちのおやじのたばこと一緒だ。あしたやめる。あしたやめるって、全然やめねえの」

「そうだ、天野。お前こんど日比野と同じ八組だろう？」

相原に言われて、天野は「うん」と言った。

「先生にこう言えよ。日比野の給食はこれから半分にしてくれって。なんなら、西脇先生から言ってもらってもいい」

「そんな殺生《せっしょう》な。それじゃ、おれ部活《ぶかつ》できねえよ」

「そんならお前、ボケになってもいいのか？」

柿沼はきびしく日比野を攻める。

「それはいやだ」

「ねえ、みんなで日比野君を長生きさせる会をつくろうよ」

純子が言うと、みんなが「賛成」と手をたたいた。

「よし。では日比野にこういうステッカーをはろう」

中尾は、一日一膳《ぜん》と紙に書いてみんなに見せた。

「なんだよ、これ？」

「一日一膳というのは、一日にご飯一膳ということさ」

「それはいいや。そのステッカーを日比野のまわりにべたべたはろう」

宇野が跳《と》び上《あ》がるようにして言うと、秋元《あきもと》が、

「デザインはおれにまかせてくれ」

と言った。秋元の絵の才能はみんなが認めている。

「それはいいけどさ、日比野のキャラクターはカバから別ものに替えようぜ。だって教頭がカバじゃダブっちゃうじゃんか？」

安永が言うと、ひとみがすかさず、

「私、ラッコがいいと思う」

「ラッコはちょっとかわい過ぎるけど、わるくはねえな。よし、キャラクター・イメージはラッコに決めた。みんな賛成か？」

秋元が言うと、全員が「賛成」と言った。

「ちょっと待ってくれよ。話がいつの間にか日比野の方に行っちゃったけど、はじめは宇野んちのばあさんのことだったんだ。そこまで話をもどそうや」

相原が言った。

「うちのボケばあさんは、そこで座敷牢《ざしきろう》に入れてあるんだ」

「座敷牢って、ローヤがつくってあるのか？」

みんなの視線が宇野に集中した。

「牢屋といったって、テレビで見るようなやつじゃない。窓には鉄格子《てつごうし》があって、ドアに鍵《かぎ》がかけてあるだけだ」

「トイレはどうするの？」

ひとみが聞いた。

「部屋の中にあるんだよ」

「そいつはちょっとひでえな。ばあさん外へ出たいって言わねえか？」

安永は顔をしかめた。

「言うよ。だけど絶対出さねえんだ」

「ご飯はどうするの？」

「おふくろが運ぶのさ。ちょうど病院みたいにアルミのおぼんにのせて」

「それじゃ、囚人《しゅうじん》と同じじゃねえか？」

「そうだよ。終身刑《しゅうしんけい》さ。そこでおれはおふくろに言ってやったんだ。もしおれの言うことを聞いてくれなきゃ、おばあちゃんを出しちゃうって」

「そうしたら？」

「たちまちOKさ」

「でも宇野君、おばあちゃんそのままにしておいたらかわいそうと思わない？　外へ出してあげようよ」

純子は七人兄弟だけあって優しいところがある。

「それはそうだけどさ。部屋から出したら、どこへ行っちゃうかわかんねえんだぜ。そうなったら交通事故に遭《あ》うかもしれねえ。それに、きっと帰って来れねえよ」

英治が言った。

「だれか一緒についてってあげればいいんだけど、それはできないんでしょう？」

「おやじも、おふくろも働きに行っちゃうからなあ、昼間はだれもいねえんだよ」

宇野はつぶやくように言った。

「そんなとき火事にでもなったらどうするの？」

「焼け死ぬしかねえよ」

「ひどい！」

純子は両手で顔をおおった。

「老人ホームに入れればいいじゃん」

ひとみが言った。

「老人ホームは、そういうボケ老人は入れてくれねえんだよ。だから、やっぱりそうするしかねえんだって」

宇野は突き放したように言った。

「そういう老人を入れる施設をつくればいいんだよな」

中尾は、言いながら何かを考えているみたいに窓の外を眺《なが》めていた。

「つくるのは無理だから、どこか空《あ》いてるところを借りればいいんだ」

天野がぼそぼそと言ったとたん、相原が、

「おい」

と、大声を出した。

「突然、びっくりするじゃん」

久美子が抗議した。

「ちょっと聞くけど、朝倉佐織《あさくらさおり》のうちって、幼稚園やってたよな」

「銀の鈴幼稚園？　私行ったよ」

「私も」「おれも」という声があちこちであがった。

「あの幼稚園、つぶれるかもしれねえって話聞いたことねえか？」

「あるよ。佐織、私と同じ組だもん」

久美子が言った。

「入る奴《やつ》が少なくなっちゃったんだって？」

「そうなの。私たちってベビーブームで生徒の数は多いけど、いまの小学校の下級生なんか少ないよ。幼稚園なんか園児の奪《と》り合《あ》いだってさ」

「銀の鈴って、おれたちのころからおんぼろだったもんな。来る奴なんていねえだろうな」

相原は、幼いころを思い出すような目をした。

「いないんだって。でも佐織のおやじって頑固《がんこ》だから、園児が一人になってもやるってつっぱっちゃってるんだって」

「そうか、それならやる気はあるんだな？」

「大ありさ。でも佐織は泣いてたよ。頑固おやじには困ったもんだって」

「おれたちで、銀の鈴に園児を入れよう」

「いきなり、何を言うんだ？」

英治は相原の顔を見つめた。目がきらきらと輝いている。

「園児なんか集められっこないよ。大体ガキがいねえんだから」

「おれが集めようと言ってるのはガキじゃねえ。ボケ老人だ」

「幼稚園にボケ老人を集めるの？」

久美子が呆《あき》れたように相原を見つめる。

「幼稚園じゃなくて老稚園《ろうちえん》か。それはいいな」

中尾が言うと、相原は、

「そうだろう。これはいけると思うんだ」

と、みんなの顔を見まわしたが、

「老稚園？」

と言ったまま、反応はなかった。

「いいか、ボケ老人を抱《かか》えて困っている家は、宇野んちだけじゃないと思うんだ」

宇野がうなずいた。

「それから、園児が来なくて困っている幼稚園も佐織んとこだけじゃないはずだ」

久美子がうなずいた。

「それならボケ老人を幼稚園に入れて老稚園にしちゃえば、どっちも助かる。これは簡単な計算だ。安永だってわかるだろう？」

「わかる。おれは相原の意見に賛成だ」

安永が真っ先に言った。

「佐織のおやじに会おう。会って話をすれば、きっと承知してくれると思うんだ。どうだ。そう思わねえか？」

「うん」

みんな賛成した。

「じゃあ、会いに行く日、佐織に聞いてみるわ」

久美子の声もすっかり元気になった。

「行くときはみんなで行くんだ」

「行こう、行こう」

純子もすっかり乗ってきた。

「私たちの手で老稚園《ろうちえん》をつくろう」

2 投身自殺

1

毎日、一つは善《よ》いことをして、それをノートに書き担任の教師に提出する。ノートの名前は、一日一善ノートとした。

紋次郎《もんじろう》はそれを読み、講評を書いた。その中のいくつかを次に紹介してみよう。

おとなはなぜうそをつくの

一年三組　川口利恵《かわぐちりえ》

この間、お母さんの友だちが赤ん坊をつれて家に遊びにきました。じっと見ていると、気持ちがわるくなるくらいのブスなのに、お母さんたら、

「まあ、おりこうそうなおメメして。頭いいわよ。それにこのお顔は、大きくなると

きっと美人になるわ」

「そうかしら。でも私もパパもブスだからそんなことないと思うけど」とおばさんは言うのです。たしかに、そのおばさんはブスで、動物園で見たチンパンジーを少し白くしたような顔なのです。

お母さんは私に、「利恵、ほらこの赤ちゃんかわいいでしょう」と言いました。私は困ったなあと思いました。だって、ほんとうのことを言えば、きっとおばさんは気分をわるくするにちがいない。しかし、校長先生は、人間は正直でなければいけないと言いました。

私はその言葉を思い出したので「この子チンパンジーににてる」と言いました。そうしたらお母さんがあわてて、「赤ん坊のときは、あなただってこういう顔してたんだよ」と言いました。うそ言っちゃって。家に私の赤ん坊のときの写真がありますが、全然くらべものになりません。

おばさんは、はじめむっとしていましたが、その一言で、いくらかきげんを直したようでした。おばさんが帰ってからお母さんは、「どうしてあんなひどいこと言うのよ」と、私をおこりました。「ひどいことって、私はほんとうのことを正直に言っただけよ」するとお母さんは「そういうのをバカ正直っていうの」と、ますますおこるのです。

私はお母さんとけんかするのがバカバカしくなってだまってしまいましたが、先生はこういうおとなをどう思いますか。

公園のベンチ

一年三組　菊地《きくち》英治《えいじ》

きょう家の近くの公園を通ったら、ベンチでおっかなそうな人が、一人で寝ていました。そばにおじいさんとおばあさんがいるのですが、こわいのかそばに近づきません。

ぼくはベンチを一人で占領するなんて許せないと思いました。けれど、もし起こして、席をあけてあげてくださいと言ったら、きっとぶんなぐられそうな感じなのです。どうしようかなと考えているうちにいいことを考えつきました。ぼくは家に走って帰って砂糖を持ってきました。そして、寝ている大男の首すじと、手首と、足首に砂糖をばらまいたのです。

それから、しばらく木のかげにかくれて待っていました。すると間もなく、男は急に起き上がって、首すじのところを手でごしごしとこすっています。ぼくはそばに行って、「おじさんどうしたの」と聞きました。「アリだ、アリだ」と、男はさけんでいます。見ると首すじ、手首、足首にアリがまっ黒になるほどたかっていました。

男はベンチから逃げて行ってしまいました。ぼくはおじいさんとおばあさんのところへ行って「ベンチがあいたよ」と言うと、二人は「ありがとう」と言いました。

シルバーシートの大学生

一年三組　中山《なかやま》ひとみ

シルバーシートはお年寄りが前にきたら立つものなのに、たぬき寝いりをしている大学生をよく見ます。ああいうことはひきょうだと思います。

きのうのことです。シルバーシートで前におばあさんが立っているのに、足を組んでいかにも眠ったふりをしている大学生を見つけました。私はそのときのために強力接着剤をいつもポシェットの中に入れているのです。

接着剤を取り出した私は組み合わせた足の両側にたっぷりとぬってやりました。これであのジーンズはけっしてはなれなくなるはずです。

ほんとうはそのときの様子が見たかったのですが時間がなかったので次の駅でおりてしまいました。こんどそういうのを見つけたときは、おしりとシートをくっつけてやろうかと思います。

うるさい奴《やつ》をだまらせる方法

一年三組　富永時子《とみながときこ》

家の近くのアパートにチンピラが住んでいます。顔は見たことないのですが、二十くらいだそうです。

こいつが夜おそくになると、ラジカセなんかをガンガン鳴らすので、うるさくて勉強できません。私のほかにも近所の人でめいわくしている人がいっぱいいます。

おとなの人たちが何回も注意したのですが全然言うことを聞かないのです。そこである晩私がそいつのところへ電話してやりました。そいつの名前は大竹雅男《おおたけまさお》というのは表札でわかっていました。電話番号も調べたのです。

「ねえ、マサオさん、私だれだかわかる?」

私はテレビドラマで見た女のひとの声をまねしておとなっぽくやってみました。

「知らねえよ」

「バカねえ、忘れちゃったの?」

「名前なんていうんだ?」

「会えばわかるわ」

「会えばって、いつ会えるんだ？」

「いま」

「いま？　いまどこにいるんだ？」

「荒川《あらかわ》のほら、橋の下よ」

「遠いじゃんか」

「遠いったって一キロくらいよ」

「ここへ来いよ」

「いや、マサオさんが来てくれなくちゃ。ねえ来て。どうしても会いたくなっちゃったの」

「しょうがねえな、じゃあ行くよ」

「ほんと、うれしい！　待ってるわよ」

電話を切ると急にあたりは静かになりました。そこで私は勉強をはじめました。

こんどまたうるさいことをしたら、公園におびき出して、佐竹《さたけ》君のところのアメリカン・ピット・ブル・テリアをかりて、やっつけてやろうと思っています。

私はみんなのためにうそをついてしまいましたが、やっぱりうそをつくのはいけないことでしょうか。

2

翌五日、相原《あいはら》進学塾には十五人の生徒が集まった。教卓の上にカセットレコーダーが置いてあり、その脇《わき》に谷本が立っていて、マイクを改良したので、前よりはずっと鮮明に録《と》れている」

「これは職員会議を盗聴したやつだが、
と、十四人に向かって技師みたいな口調で言った。みんながうなずくと、谷本はスイッチを入れた。

『ではこれから、生徒たちの書いた一日一善運動についての検討会を行いたいと思います。と申しますのは、この運動について、早くも父兄の一部から非難というか、中止してほしいという声が寄せられているのであります』

谷本はテープをポーズにして、「これは教頭のカバだ」と言ってからスイッチを押した。

『それはどういうことでしょうか?』

女の声がしたとたん相原が、

「あ、これはおれたちの担任だ」

一年一組の担任は伊藤典枝《いとうのりえ》といって、もう相当なおばさん先生だが、独身だということだった。この先生、なぐりはしないけれど、いつもペンチを持っていて、お尻《しり》をつねるんだそうだ。これはなぐられるより効くそうだ。

『たとえば、こういうケースがいくつかあります。

父親がたばこを吸い過ぎる。たばこを吸い過ぎると肺ガンになるからと母親が何度頼んでもけっしてやめようとしない。父親が肺ガンになって死なれてはかなわない。そこで生徒は、家にあるたばこを全部捨ててしまった。

一方父親は、夜中になってたばこを吸おうとしてもない。聞いてみると生徒が全部捨てたと言う。そこで何をするかとぽかりと生徒の頭をやった』

『それは私のクラスの子どもです。ただ、その子どもは、この一日一善運動が始まる前からそうしていたのですが。その父親は、子どもがお父さんの健康のためだからと言っても聞き入れないのですね。だから私はその生徒石川保《いしかわたもつ》に言ってやりました。「もし君がほんとうにお父さんのことを思っているなら、もう一度たばこを捨てなさい。そうしたら、またなぐられるかもしれない。それでもやめてはいけません。お父さんの命を救うためなら、顔がデコボコになったってかまわないでしょう」』

『すごいですなあ、それで結果はどうなりました？』

『とうとうお父さんはたばこをやめたそうです』

『それは立派だ』

校長のオソマツの声だ。

『たしかに、伊藤先生のクラスの石川保は立派です。そういう指導をなさった伊藤先生にも敬意を表します。ただ、すべての親が石川保の親とは限りません。子どもに暴力をふるい、はては学校に文句を言ってきます』

教務主任の大沢《おおさわ》の声だ。

『まず第一声は、学校は子どもに勉強を教えればいいのだから、要《い》らぬことはやらせるな。自分はサラリーマンで、一日会社で働いて家に帰ったとき、一杯のビールと一本のたばこでなんとかストレスを解消しているのに、子どもをつかい、それまで取り上げるとは何ごとだ。そんなことより、学校にはもっとやることがいっぱいあるだろう』

『そういう声はPTAの方からもありました』

カバが言った。

『それでは、一日一善運動は中止というのが教頭先生のご意見ですか?』

伊藤の舌鋒《ぜっぽう》はまるで千枚通しみたいに鋭い。

『とんでもない。つづけます。この運動はきっと世間の話題になります。少しばかりPTAから文句を言われて中止したんでは、もの笑いのタネです』

『校長先生のおっしゃることを聞いて安心しました。大体おとなは、自分たちはずるして、うそつきで、卑怯《ひきょう》で、見栄《みえ》っぱりで、ホンネとタテマエを巧妙につかうくせに、子どもたちには、正直で素直で、勇気と優しさがあって、勉強もできることを要求します。そして自分たちの手に余ると、学校に押しつけます。そんなこと、われわれが逆立《さかだ》ちしたってできるわけないじゃないですか』

『そのとおり』

拍手がいくつか鳴った。

『一日一善なんてことを、おとなで言っている人がいますが、それこそ偽善《ぎぜん》そのものです。だから、子どもが本気になってはじめると慌《あわ》てるのです。それがいやなら、一日一悪運動というのをはじめたらどうですか』

こんどは子どもたちが拍手した。

「相原んとこの先生はすげえな」

英治は、すっかり感心した。

「うん。おれもあの人はハンパじゃねえと思ってる」

「だけど、あれじゃ結婚できねえぜ」

日比野《ひびの》が言うとみんな笑った。

『実は、私のクラスの女子生徒で、うそをついて人助けしたんだけれど、これはやっぱりわるいことだろうかというのがありました』

紋次郎の声だ。とたんに富永時子が、

「あっ、私だ」と言った。

『それは、近所のアパートにつっぱりの少年がいて、夜中に音楽を鳴らしたりして、うるさくて勉強もできず、近所でも迷惑しているんですが、何度注意してもいうことをきかないんです』

『いるわねえ、そういうのが……』

伊藤の声だ。

『そこでその女子生徒は、その男にデートしないかと電話して、荒川までおびき出したというのです』

『自分も行ったの？』

『いいえ、自分は行きません。こういう手でつぎつぎだましても、人のためになるならいいことだろうかって言うのです』

『中学一年の子どものやり方とは思えませんなあ。それは方法に問題があるように思います』

生活指導主任の古屋《ふるや》の声だ。

『いいえ、私はそうは思いません。この子の知恵はすばらしいと思います。おとなは子どもに正直にと言います。けれど正直に言ったらどうなるか、それは生徒たちの手記の中にもいくつかありますが、おとなたちは、そのために恐慌《きょうこう》をきたしています』

また伊藤だ。

『たとえば……』

校長が聞いた。

『たとえば、うちのおばあちゃん、そろそろ死んでくれたらいいのにと言った言葉を、そのままおばあさんにつたえるとか……』

『それは常識外です』

校長が憤然《ふんぜん》と言った。

『でも、おばあさんに聞かれたらなんて答えればいいんですか？　もっと長生きしてほしいと言ってるとうそを言えばいいんですか？　問題はそういう下心を持っている親にあります』

校長のうなり声が聞こえる。

『それで、生徒たちは一日一善運動に対してどういう感想を持っていますか？』

カバの声だ。

『みんな、とても楽しそうにやってるようです』

何人かの教師が答えた。

『こいつは、どうも陰謀《いんぼう》くさいですな』

生活指導主任の古屋は、顔も暗いが声も暗い。

『どうしてですか？』

『いいですか、一日一善運動をやりたいと言ったのは生徒です。本来、こういうことは学校側が言うのが常識です』

『それは、夏休みの暴走を反省したからではないんですか』

校長のオソマツは穏やかな声だ。

『たしかに、生徒の方から一日に一つは善いことをしたいと言うのですから、教師の方は一も二もなく感激します。そこが連中のつけ目なのです』

『それはちょっと言い過ぎじゃありませんか。それでは、生徒たちをはじめからワルと見ているということです』

伊藤の声だ。つづいて校長も、

『古屋君、はじめから子どもはワルと決めてかかったらワルになる。とにかく、いまのところは信頼しようや』

『そうですわ。いったい生徒たちのやっていることのどこがわるいんですか？』

伊藤の声も昂《たか》ぶっている。

『いや、まったく非の打ちどころがありません。しかし、だから……』

そのまま古屋は黙ってしまった。

『たしかに、いまのまま一日一善運動をつづけていくと、父兄の中で問題にはなると思います』

カバは、どっちともつかぬ言い方をした。

『といって止めるわけにはいかん』

校長は断乎《だんこ》として言った。

『それではしかたありません。行くところまで行くしかないですな』

古屋は投げ出すような言い方をして、テープは終ってしまった。

「ああ、面白かった」

みんなは同時に言った。

「いいか、おれたちは正しいことをしているんだ。だからおとなたちは、どんなに困っても、おれたちに文句がつけられねえんだ。これが天使ゲームの面白いところさ」

相原のアイディアに、英治はあらためて感心した。

「これからも、いろんなこと考えておとなをやっつけようぜ」

二学期もこれでどうやら面白いものになりそうだ。英治はやけに楽しくなってきた。

3

柿沼《かきぬま》が家に帰ると、待っていたように母親の奈津子《なつこ》が言った。

「あなたのガールフレンド、どうして早くうちにつれて来ないの。お父さんも、早く調べて、処置するものはしておいた方がいいとおっしゃってるわよ」

「うん、家がきびしいからね、なんとかうまい理由をつけないと来られないらしいんだ」

「たしか大岩《おおいわ》さんのおたくは、渋谷《しぶや》の松濤《しょうとう》ね。早く来るよう連絡したら？」

奈津子は、片岡《かたおか》先輩を名門の大岩家のお嬢さまと信じこんでいる。

「うん。だけど家に直接は電話できないんだ。まず友だちのところに電話して、その友だちが彼女に電話する。返事もその順序なんだよ」

「大岩家のお嬢さまなら、それはそうでしょう。じゃあ、アコさんのお友だちのところに電話してみたら」

「うん」

柿沼は自分の部屋に入ると、久美子《くみこ》の家に電話した。

「カッキーだよ」

「ああ柿沼君。何？」

「何じゃねえよ。片岡先輩どうしたんだ。きのう調べに来るはずだったんだぜ。それが、きのうもきょうも来ねえじゃんか。家に帰ったらおふくろに言われちゃった。どうして来ないんだって」

「なんて言っといた？」

「そりゃ、名門のお嬢さまだから、そうやすやすと家は出られねえんだってごまかしといたよ」

「柿沼君は、ペテン師の素質大ありだね」

久美子は笑いながら言った。

「笑いごとじゃねえよ。おれだって、内心はばれねえかとびくびくしてんだからな」

「実はね、笑いごとじゃないことが起こってんのよ」

久美子はがらりと深刻な声になった。

「なんだよ」

「彼女、きょうまだ家に帰って来ないんだって」

「えぇッ、家出か？　それは困るよ」

アコが家出したなんて言ったら、両親ともひっくりかえるほどおどろいてしまうにちがいない。

「家出ならまだいいんだけど、そうじゃないかもしれないんだよ」

「そうじゃないって、まさか……」

「そう。自殺しちゃうかもしれないんだって」

「そんな……。でも、どうしてそう言えるんだ？」

「彼女の親友のテニス部の水原《みずはら》先輩に、それらしい電話があったんだって」

「なんて言ったんだ？」

「私、もうだめって」

「それだけか？」

「うん」

「じゃあ、自殺とは言えないよ」

「だって、いまから死ぬなんて電話すると思う？　それに声がすごく暗かったんだって」

「でもさあ、調べてみなければ、妊娠してるかどうかはわからないっておやじが言ってたぞ。それがわかってから自殺するってならわかるけど、調べないうちに死ぬってのがわかんねえなあ」

「私なら、もし妊娠しても死なないけどね」

久美子はいかにもさばさばと言った。

「それが普通だろう？」

「ところが、そうじゃない子もいるんだ。一人の人を愛したら、命を賭《か》けちゃうような子がね」

「片岡先輩ってどっちだ？」

「もちろん純情よ。はじめての男性だもん」

「そいつ、どういうやつだ。うちの学校の生徒か？」

「ちがう。中学生なんか幼稚っぽくって、そんな気になれないよ」

「じゃあ、高校生か？」

「でもないみたい」

「久美子、そいつを知らねえのか？」

「知らないよ。だれも」

いったい、どういう男性があぁいうかわいい女の子とそういう関係になれるのか。柿沼は羨《うらや》ましさとも憤《いきどお》りともつかぬ複雑な思いがした。

「それから、水原先輩に聞いたんだけどね、片岡先輩は、ほんとは赤ちゃんを産むつもりだったんだって」

「えぇッ、それじゃあ話が全然ちがうじゃんか」

柿沼は、頭に血が上ってほっぺたが熱くなってきた。

「そうなんだよ」

「そうなんだよじゃねえよ。おれなんかおやじとおふくろになんて言われたと思う？　中学一年のくせにそんな破廉恥《はれんち》なことやって、お前みたいなのは、大きくなったらきっと女たらしか犯罪者になるって言われ放題《ほうだい》だったんだぜ」

柿沼はオーバーに言ってやった。

「柿沼君には、ほんとにわるいことをしたと思ってる。だけど、これにはわけがあるんだから聞いて」

いつもの威勢のいい久美子とはうってかわって低姿勢だ。

「聞こうじゃんか」

「この話は、ひとみが片岡先輩から聞いたのがはじまりなんだよ。私、赤ちゃんができちゃったみたいって言われて、とっさに柿沼君のことを思い出して、いいとこあるから、早く調べた方がいいよって言ったんだって」

ひとみみたいな女はおせっかいというのか、それとも親切というのだろうか。

「それで片岡先輩はなんて言ったんだ？」

「ありがとう、そのときは紹介してねって言ったからさ。ひとみはてっきり調べに行くものと思いこんじゃったんだよ」

「そう言われれば、そう思うかもしれねえな」

「だけど片岡先輩は、口ではそう言いながら、心の中では迷ってたんじゃないかな」

「女って、そんな気持ちになるものなのか？」

柿沼には全然わからない。まるで大学の入学試験の問題を見るような感じだ。

「愛してる人の子どもなら産みたくなるって言うけど、中学生だからね」

「とにかく、片岡先輩は赤ん坊を産む気になったから家を出たんじゃねえか」

「じゃあ、これから八か月間どこかに隠れてるっていうの？」

「だって、腹のでっかい女子中学生が学校に来られるか？」

「それはそうだけど、ほんとに産む気で家を出たとしたら、だれが食べさせてくれるのよ」

「彼氏さ」

「彼とはうまくいってないんだよ。もし彼氏と一緒に暮らすなら、親友の水原先輩に話してるはずよ」

「それじゃ、家出したということにして家の中で隠れてるか、親類の家に預けられたんだ」

「どっちもバツ、だって片岡先輩の家はきびしいんだから、そんな中学生に子ども産めなんて言うわけないよ」

「そうなると、どういうことになるんだ？」

複雑な女心は、とても柿沼の手に負えない。何がなんだかわからなくなってきた。

「私、こうじゃないかと思うんだ。彼女は妊娠したらしいと彼に言った。彼はもちろんおろせと言う。その言い方が頭にきた彼女は産むと言った。そこでけんかになっちゃった」

「なんだか、水原先輩に私、もうだめって言ったのか？」

「だから、いやな予感がする」

久美子は急に暗い声になった。

「いやな予感ってなんだよ？」

「もしかしたら、このまま帰って来ないんじゃないかな……」

「死んじゃうっていうのか？」

「うん」

柿沼はまだ自殺しようと思ったことはない。いったい、どういうときに自殺したくなるのかもわからない。

「自殺は問題だぜ。どこへ行ったのかみんなで捜そうぜ」

柿沼は片岡美奈子《みなこ》と話したこともない。しかし、自分の彼女だと両親に言ってしまったせいか、死ぬというと他人《ひと》ごととは思えなくなった。

「じゃあ、あした学校で」

電話を切った柿沼は、どうにも落ち着かなくなって相原に電話した。こういうとき、いちばん頼りになるのは相原なのだ。

「この前のさ、片岡先輩のことなんだ」

「どうだった。結果はわかったのか？」

相原の声を聞いたとたん、柿沼はなぜかほっとした。

「それがさあ……」

柿沼は、久美子との会話を相原に話した。相原は何も言わない。

「聞いてんのか？」

「聞いてるよ」

「どうしたらいいと思う？」

「お前、久美子に捜すって言ったんだろう？」

「うん」

「だけど、どこをどうやって捜すんだ？」

「わかんねえ」

「それじゃあ、捜しようがねえじゃんか」

「友だちとか、親類なんかどうかな」

「そんなところには行ってないと思うな」

「じゃあ、どこだ？」

「おれが知るわけねえだろう。おれたちは片岡先輩のことを何も知らねえんだ。久美子たちに言って、まずそれを調べなくちゃ手の打ちようがないよ」

相原の言うとおりだ。

「わかった。そうするよ」

「それから、相手の男がだれか、これがわかんなくちゃ。なんで、そいつとうまくいかなくなったのか」

「うん」

「おれ、いまふっと考えたんだけど、そいつ、片岡先輩が妊娠したって言ったんで、びびっちゃったんじゃねえのかな。それはお前の方が知ってるだろう？」

「たしかに、子どもができてびびる男はいるらしい」

それは父親と母親が雑談しているのを小耳にはさんだことがある。

「彼女は産むと言ってるんだろう。そこが問題だと思うんだ」

「中学三年だからなあ」

「産まれるときは高校生になってるかもしれねえけど、そんなこと学校が許可すると思うか」

赤ん坊をつれて高校へ行くなんて、変だ。

「まず無理だな」

「そうなんだ。彼女が産むということ自体が大変なことなんだよ」

「男にふられて、やけになってんのかもな」

「もしそうだとすると、自殺するってこともあるかもしれねえぜ」

相原も久美子と同じようなことを言った。

「やっぱりそうか」

「それを知ってて、黙ってるってわけにはいかねえな」

「人の命がかかってるんだからな」

「よし、やろう。といっても何をしていいかわかんねえけど、命だけは助けなくっちゃ」

さすが相原だ。電話してよかったと柿沼は思った。

ドアをノックする音がする。

「おふくろがやって来た。じゃあ、あした」

受話器をおろすと、奈津子がクッキーと紅茶を持って入って来た。

「ずいぶん長い電話ね。どういうことになったの？」

柿沼は、母親になんと言おうかと考えたが、

「恥ずかしくて、なかなか来られないらしい」

結局、そんなことしか言えなかった。

「だめ。そういうことはきちんと調べて、早く処置しなくちゃ。彼女によく言ってお

きなさい」

「うん」

柿沼は、なんとも複雑な気持ちで返事した。

4

「英治、電話よ。相原君から」

英治の耳のはたで、母親の詩乃《しの》が喚《わめ》いている。

「ほら、早く起きなさい」

こんどは突き飛ばされてベッドから落っこちそうになった。

半分眠りながら、部屋を出て電話機までたどりついた。

「なんだよ？」

受話器を耳にあてて壁の時計を見ると、まだ六時になったばかりだ。

「いま久美子から電話があったんだけどさあ、片岡先輩が死んだんだって」

片岡美奈子のことは、きのうの夜おそく、相原から電話があって知っている。きょうからみんなで、本格的に捜そうと話し合ったばかりだ。

「死んだって……？」

まだ頭がはっきりしないので、死んだという意味がぴんとこない。

「自殺したんだよ。きのうの夜中」

相原の声も、いつもとちがって昂《たか》ぶっている。

「どこで？　家にはいなかったんだろう？」

「学校の本館の屋上から飛びおりたんだ。きょうの朝早く、警備員が発見して警察に届けたんだってさ」

「死んじゃったのか……」

英治は片岡美奈子のことはほとんど知らない。知っているのは、テニス部の女子たちが、すてきだと騒いでいることだけだ。

子どもができて、悩んで家出したということも、もう一つぴんとこない。

しかし、自殺したとなると話は別だ。しかも夜中に本館の屋上から飛びおりるなんて。

本館は四階建てである。真っ暗な深夜、彼女はどんな気持ちで登りつめ、そして飛びおりたのだろうか。

学校へ行く途中、ひとみと純子に会ったが、二人とも泣きじゃくるばかりで、何を聞いても返事もしてくれない。

教室に入るとさらにたいへんだった。女子生徒たちはひと塊《かたま》りになって、肩を抱き合って泣き喚いている。

「どうして死んじゃったのよお」

ひとみは、ただそれだけを繰り返し泣きつづけているので、声もガラガラになってしまった。

英治は教室を出て隣の四組に入って行った。そこには柿沼と久美子がいるはずだ。

やはりここでも女子生徒は泣いていたが、柿沼と久美子は、教室の隅《すみ》で何か話している。

「えらいことになったなあ」

英治は二人に近づいて言った。

「まさか死んじゃうなんて」

久美子はそう言ったまま唇《くちびる》を嚙《か》みしめた。どんなことがあっても泣くものかという顔をしている。

「夜中にあんな屋上までどうやって登ったんだ？」

英治は柿沼に聞いた。

「本館の隣に武道館があるだろう」

「建て直すってんで、まわりを鉄パイプで囲んであるところだな」

「そう。その鉄パイプをよじ登って、武道館の屋根から、非常階段で本館の屋上に登ったんじゃないかというのが警察の意見らしいぜ」

柿沼の父親は、柿沼の誘拐事件《ゆうかいじけん》以来、警察の杉崎《すぎさき》警部と仲がよくなったらしい。だからそういう情報も知っているのだろう。

「よく一人で、そんなとこ登ったもんだな」

「うん。それよりさ、最初に久美子から電話がかかってきたんだけど、それをおふくろに聞かれちゃったんだよ」

「そうか、お前は片岡先輩の彼氏だったんだよな」

「おふくろは、最初てっきりそうだと思ったらしかったけど、うちの学校の三年だっていうんで安心したらしい」

「だけどもう、こうなったらほんとうのことを話しといた方がいいぞ」

「そうだな。だけど信用するかな？」

柿沼は首をひねった。

「私たちも一緒に行って謝《あやま》るよ」

久美子が言った。

「それはいいけどさあ、彼女屋上に靴《くつ》と遺書を残して飛びおりたんだってさ」

「遺書にはなんて書いてあった？」

「ノートのきれはしに、私は死にます。それだけだって」

「相手の男の名前かなんか書いてなかったのか？」

「うん、それだけだって」

「私がもし男のために死ぬんだったら、そいつが生きていけないようにしてやるよ」

「久美子とはちがうんだよ」

「それがかわいそうだし、口惜《くや》しいね。もし相手の奴《やつ》が名乗り出てこなかったら、私は絶対捜し出して、こてんぱんにやっつけてやるよ」

「おれだってそう思う。そいつは許せねえ」

柿沼も久美子につづいて言った。

「相原の話によると、おれたちはきょうから片岡先輩を捜すつもりだったんだ。だけど死んじゃったいまとなっては、相手の男を見つけることに方針を変えた方がいいかもな」

英治が言うと、二人とも「そうしよう」と言った。

その日の職員会議は、一時間目を自習にして行われた。

「大体いまの子どもたちは、自分の命を粗末にし過ぎますよ。私は小学校六年のとき空襲《くうしゅう》を受けて、火の海の中を逃げまわったものです。死ぬのはいやだ。なんとかして生きたい。ただそれだけをねがって……」

校長は朝礼で話したことをまたくりかえした。

「私も校長先生より四年ほど若いですが、やはり飢餓世代《きがせだい》です。人間というやつは、腹が減って死にたいとは思いません。それにくらべるといまの子どもたちは飽食世代《ほうしょくせだい》です。生まれたときから、食うもので溢《あふ》れていました。そして世の中は平和そのものです。これでは生物的な生存本能が退化してしまっているのかもしれません」

教頭がつづけて、

「自殺の理由について、何か心あたりはありませんか」

片岡美奈子の三年二組クラス担任の本多夫沙子《ほんだふさこ》に聞いた。

「片岡美奈子は、テニス部のキャプテンであるとともに、一見タレントを思わせる派手な雰囲気《ふんいき》の子でした。ですから、うちの学校ではアイドル的存在でした」

本多はハンカチで目頭《めがしら》を押さえた。

「すると異性との交流も派手だったのではありませんか？」

教務主任の大沢が聞いた。

「いえ、それが、いまはテニスに夢中で、そちらの方にはほとんど関心がなかったように思います」

本多は女子のテニス部の顧問でもあるので、顔も腕も健康的な小麦色である。

「夏休みに、変わったことはありませんでしたか？」

生活指導主任の古屋が聞いた。

「三年は一学期で引退しますので、夏休みの練習には出てまいりません」

「そうでしたな。私はこの夏休みに、片岡に何かがあったと見ているのですが……」

「何かとおっしゃいますと……？」

本多は古屋に視線を向けた。

「つまり、彼女を死に追いやる何かです」

「それはそうでしょう。なければ、自殺なんかするはずありませんわ」

一年一組の担任伊藤典枝が言った。伊藤の言い方は、ことし三十歳の本多にくらべるとかなりの貫禄《かんろく》である。

「もし、異性関係でないとすると、何が考えられますか？」

教頭は本多の方に視線を向けた。

「あの子は私の目から見ますと、スポーツはもちろんですが、勉強の方も上位をいつも維持しており、人づき合いもよく、明るくて、いわば理想的な生徒でした。ですから、自殺する理由なんて想像もつきません。ただ、生徒に聞きますと、二学期になってからいつもの元気がなかったそうです」

「やはり夏休みです。何かあったんですな、私はそれを異性関係と思います」

古屋は断言した。

「異性関係と言いますと？」

「大学生ですよ。いまの大学生なんて、勉強はしないくせに、ナンパはプロです。片岡なんかいいカモです」

「彼女のご両親はどういう方？」

伊藤が聞いた。

「父親は都市銀行の管理職です。母親は、スイミングスクールのコーチをしております」

「兄弟は？」

「小学校五年生の弟がいます」

「では、両親ともいなくて、彼女一人になる機会はあったわけですな」

大沢が聞いた。

「ええ、ですけれど父親は娘の管理には厳し過ぎるくらいで、夜の門限は八時と決めており、ボーイフレンドをつくることも厳禁で、普通の子どもにくらべると、ちょっとかわいそうなくらいでした」

「そういう厳しい父親に限って、子どもは手もとから飛び立ちたくなるものです」

古屋の言い方は冷たい。

「先生は、どうしても異性関係の自殺としたいようね」

伊藤が言うと、古屋はむっとして、

「したいとは思いませんが、こういう場合、その確率がいちばん高いのです」

「いずれにしても、一日一善運動で、せっかく好イメージをつくりかけた矢先の事件です。なんとか、学校の責任ということだけは免《まぬか》れたいものですな」

教頭は校長の顔色をうかがいながら言った。

「いままでのところ、学校に責任はないと思います。たしかに自殺した場所は校舎の屋上ですが、生徒間のいじめとか、教師の虐待《ぎゃくたい》とかの事実は一切ございません。その点は、マスコミがやって来ても、胸を張って答えていただいて結構です」

大沢は校長と教頭の両方を見ながら言った。

「最近の風潮ときたら、生徒が道路でころんでも学校がわるい、です。九四〇人もいる生徒を夏休み中、二十四時間教師に管理しろと言うのですか？　もし管理したらこんどはなんと言うと思いますか。反動的な管理教育絶対反対ですよ。大体いまの親たちは、子どものしつけなんかいい加減にして、学校でなんとかまともにしろでしょう。そんなことができるわけないじゃないですか」

教頭は、まるでテレビか新聞の記者を前にしたみたいにまくしたてた。

「先生のおっしゃるとおりです。このことだけは、マスコミの連中にはっきり言ってください」

校長が言った。

「私は夏休み中、暇があるたびに盛り場を歩いては何人か補導しました。しかしまるでハエみたいなものです。追えば逃げますが、いなくなればまた集まります。実際、しみじみと無力感を味わいます」

古屋がしんみりした口調で言う。

「いつの時代でも、子どもはいつもそうでしたわ。それでも大きくなれば、ちゃんとまともになるものですよ。そう目くじらたてることはないと思いますわ」

伊藤の言葉に何人かの教師がうなずいた。

「それは放任しろということですか？」

古屋は、かなり感情的になっている。

「放任とはちがいます。信頼ですわ。子どもを心から信じてやることです」

「それは理想です。たしかにそうしたいですよ。ですが、子どもなんて、そんな甘いものじゃありません。こちらが甘い顔をすればすぐつけ上がる。裏切られて、がっかりするのがオチです」

「おとなの世界がそうなんですもの。しかたありませんわ。裏切られない人生なんてありまして？」

古屋も遂に黙ってしまった。

「私、片岡美奈子がなぜ自殺したのか、その真相だけは必ず突きとめようと思っています。それが教師として、いまできる最低の義務なのですもの」

本多は、声をふるわせて言った。

5

テレビリポーターの矢場勇《やばいさむ》は四十歳。いわゆる全共闘世代《ぜんきょうとうせだい》で、大学時代はデモにも参加し、機動隊とも何度もわたりあった。

そんな大学生活を送ったので、まともな会社に就職できるわけはなく、食うために女性雑誌の芸能ものをやっているうち、何度かテレビにも引っぱり出され、得意の話術でいつの間にか芸能リポーターとして有名になってしまった。

矢場は、夏休みはじめ、解放区と称して工場廃墟《こうじょうはいきょ》に立てこもり、おとなたちをさんざんにやっつけた、あの子どもたちのことをときどき思い出した。

最終日、警官と一緒に解放区に突入すると、二十人の子どもたちが、忽然《こつぜん》と消え失せていた。

あのときはおどろき、思わずマイクをにぎりしめて、

「みなさん、これはまさに黙示録《もくしろく》の世界です。祈りましょう。神に……」と叫んでしまった。

そのころ子どもたちは、マンホールから下水道をつたい、対岸の河川敷《かせんしき》で見物して

いたのだが、それを知ったのはあとのことであった。

子どもたちは、矢場のことも言いたい放題《ほうだい》からかった。しかし、からかわれながら不思議に腹が立たなかった。

やられながら心の中では、もっとやれ！　それが子どもじゃないかと叫びたい心境だった。

その子どもたちが、二学期になると一日一善運動をはじめたと聞いた。

最初は、学校側の押しつけにちがいないと思った。しかし学校側に聞いてみると、子どもたちが自主的にはじめたのだという。

あの子どもたちと一日一善はあまりにちがい過ぎて、マユツバとしか思えない。

校長は一度取材に来てほしい、学校はすっかり変わったのだと言ったが、とても行く気にはなれなかった。

ところが、その中学の三年女子生徒が屋上から飛びおりて自殺したという。

子どもの自殺も、最近は日本の各地で起きるので、さほどショッキングな事件ではなくなった。

――またか。

その死はまるで交通事故並みに扱われ、よほど異常な動機でもない限り、関心は薄れてきている。

しかし、ほんとうは、子どもの死が日常化するとしたら、その方がよほど重大なことなのだが、テレビではそういう問題をいかに真剣に取り上げても視聴率はとれない。視聴率のとれないものを追いかけさせるディレクターはいない。つまり、それがすべての価値判断の基準なのだ。偏差値に振りまわされる子どもを笑えたものではない。矢場は、こんどの女子中学生の自殺をいけると直感した。そのことをディレクターに言った。

なぜいけると思うのか、理由を説明しなければならない。しかし、直感とは動物的な勘みたいなもので説明しにくい。

そこで、例の解放区の中学であることと、その生徒たちが二学期から一日一善運動というものをやりはじめた矢先であることで説得した。

ディレクターはあまり乗り気ではなかったが、一応取材の許可はくれた。

矢場は学校へ行く前に所轄署《しょかつしょ》へ行って事情を聞くことにした。

あらわれたのが杉崎警部だったのは、矢場にとっては好運であった。杉崎とは解放区の誘拐事件《ゆうかいじけん》で顔なじみだから、なんとかいけそうだ。ついていると思った。

杉崎はしかし、現場の状況は説明してくれたが、現在のところ、自殺とも他殺とも断定していないと言うばかりで、取りつくしまもなかった。

「遺書があったそうじゃないですか？」

「ノートの切れはしに、私は死にます。これだけだ」

「宛先《あてさき》は？」

「なし」

「ずいぶんかわいい子ですが、男関係の方はかなりあったんでしょう？」

「知らん」

「そうですか。それじゃあ、私の方で調べます」

「死者に鞭打《むちう》つようなことはするなよ」

「女の子が自殺したんですよ。動機も何もなくて人が死にますか？　それを探ることは当然の社会的義務だと思います」

自分ながら陳腐《ちんぷ》な言葉だと思うが、これをまず言わないことには取材にならない。

「君らの大義名分《たいぎめいぶん》はいつも立派なものだ。非の打ちどころがない」

「皮肉ですか？」

杉崎にそう言われてもしかたない。口では立派なことを言いながら、やってることはそんなものとは無縁のものだ。大衆の低劣な欲望に迎合《げいごう》し、挑発《ちょうはつ》していると言われようと、視聴率がとれなければ番組は消えてしまうのだ。

「じゃあ、これだけおしえてください。遺体は解剖《かいぼう》したんですか？」

「した」

「結果のわかるのはいつですか？」

「あしただ」

「そのとき、結果を発表してくれますね」

「もちろんだ。しかし、それで何が知りたいんだ？」

「妊娠の有無《うむ》ですよ」

「いかにも君らしいな」

杉崎は、ごつい顔をはじめてくずして苦笑した。いじめか性の問題。これが子どもの自殺の重大な動機であることはまちがいない。

矢場は中学で本多という担任の女教師と、樺島という教頭の二人に会うことができた。

矢場の聞いたのは、学校の公式的な見解ではなく、死んだ片岡美奈子という少女の素顔である。

しかし、教頭が担任の本多の脇《わき》にぴったりついて、けっして一人にさせなかった。

ここでも、矢場がどうあがいてみても、自殺の動機らしいものは発見できなかった。

「先生方のお話を聞いていると、動機も何もなくて、女子生徒は自殺したということになります。これは、動機があるよりも、もっと無気味《ぶきみ》なことだとは思いませんか？もし、これから意味もなく子どもたちが自殺をしはじめたら、どんな措置《そち》をとられるんですか？」

「それは……」

教頭は声をつまらせたまま黙ってしまった。

「動機はあったはずです。ただ、私どもがそれを知らないだけです。でも私は、彼女がなぜ自殺しなければならなかったのか、その動機を必ず突きとめようと思っています」

毅然《きぜん》とした本多という女教師の態度に矢場は好感を持った。

「先生のおっしゃるとおりです。動機はあります。ただ、おとなには見えないだけです。いじめだってそうじゃないですか。子どもが自殺すると、きまって教師は知らなかったと言います。知らなかったですむことでしょうか」

「申しわけございません」

本多は深々と頭を下げた。

「いや、ぼくは先生を責めてるわけじゃありませんから誤解しないでください」

「こんどの自殺が、いじめとは無関係であったことだけは事実です」

教頭は、学校とは無関係だということを言外ににおわせた。

「二学期になってから、おたくでは一日一善運動というのをやっておられるようですが、これは、夏休みの例の事件があったので、子どもを管理するためだという声もありますが、そうなんですか？」

「とんでもない。一日一善などと言いますと、いかにも教師が生徒に押しつけたように聞こえますが、これは子どもの方から自然発生的にやりはじめたもので、学校の方はあとからついて行ったというものです」

「あのワルガキどもが、どうしてそんな殊勝《しゅしょう》なことを考え出したのか、そこのところが私にはわからないんですが……」

「それはおっしゃるとおりです。しかし、たとえば、矢場さんお酒好きですか？」

教頭が聞いた。

「好きです。酒のない人生は考えられません」

矢場から酒を取ったら、いったい何が残るというのか。

「あなた、お子さんはいらっしゃいますか？」

「いますよ。小学校五年生の娘です」

「家でも飲まれますか？」

「ええ、医者には飲み過ぎで肝臓をやられていると言われているんですが、つい……」

「では、あなたの娘さんが、ボトルのウイスキーを全部番茶と入れ替えてしまったら、あなたはなんと言いますか？」

「怒りますよ。ひっぱたくかもしれない」

「しかし、子どもたちは、親の健康を思ってした行為ですよ」

教頭に見つめられて矢場はうなった。

「これが一日一善運動です」

「そうか……。それならわかります。いかにもあの連中のやりそうなことです」

「学校の方も、一日一善運動がマスコミで取り上げられた手前、いまさら中止するわけにもいきませんが、親たちからかなり文句のあるのも事実です」

「ほかにも、こんなことがございます」

本多の説明を聞いているうち、矢場は何度も吹き出した。

「それはお困りでしょうな」

「困っています。子どもたちには大義名分《たいぎめいぶん》があるのですから、文句のつけようがありません」

矢場は解放区に立てこもった子どもたちの顔を思い出した。どの顔も目が輝き、生き生きと動きまわっていた。

もう一度会ってみたいが、一筋縄《ひとすじなわ》でいく連中ではあるまいと思った。

6

片岡美奈子が投身自殺した現場には、担任の本多が案内してくれた。そこには白い花束が置いてあった。

四階建ての本館の脇《わき》に、工事用の鉄パイプで全体をおおわれた建物がある。

「これが例の建て替え中の武道館ですか？」

矢場が聞いた。

「そうです。このパイプをよじ登って、それから本館の非常階段に飛び移り、屋上まで上ったというのが警察の見解です」

それは杉崎警部も言っていた。なぜそう考えたかというと、本館には鍵《かぎ》がかかっており、窓ガラスを割った形跡もない。

そうなると、ここから登る以外考えられないということであった。

「ぼくでは、とても登れないなあ」

体重の重い矢場は、遊園地や幼稚園にある鉄パイプのアングルでも登るのはいやだ。ましてや真夜中にこの鉄パイプを登り、さらに非常階段を登ることなど、想像しただけで鳥肌《とりはだ》が立ってくる。

「彼女、運動神経の方はどうだったんですか？」

「テニス部のキャプテンでしたし、それはもう抜群でした」

「先生なら登れますか？」

矢場は、いかにもスポーツをやっているらしい、引きしまったからだの本多に聞いた。

「できないことはないと思います。でも、夜はちょっと……」

矢場は、あらためて四階の屋上を見上げた。真下から見上げたせいか、青い空にそそり立っているように見える。

「あんなところまで、どうして苦労して登ったのでしょうか？　高いところならマンションだって、どこだってあるじゃないですか」

「そうなんです。それを私も不思議に思いました。いまはおそらくこうだと思っています」

本多も屋上に顔を向けたまま、

「彼女の自殺の動機には、学校にかかわる何かがあったのではないかと」

と言った。

「学校にかかわりのある……」

「それがなんだか私にもわかりません」

「矢場さーん」

突然、子どもの声がしたので振り向いた。授業の休憩時間《きゅうけいじかん》なのか、生徒たちがぞろぞろと校舎から出て来て、矢場のまわりに集まった。

「ぼくのことおぼえてる？」

男子生徒が一人、矢場の前に進み出て言った。

「おぼえてるさ。君は過激な放送をした天野《あまの》だ」

「ピンポーン、矢場さんまだボケてないね」

「あたりまえだ。おれは人の顔は一度見たら忘れない。そのくらいでないとプロにはなれん」

「じゃあ、ぼくはだれだ？」

相原が前に出た。

「相原徹《とおる》。その隣にいるのが菊地英治」

「すっげえ、うちの学校の先生なんか、なんべん言っても、名前がおぼえられないのがいるんだぜ」

この小さい坊主《ぼうず》は宇野なんとかと言った。

「君はシマリスだな」

「おれは？」

「カバだ。あのときより肥ったな」

「カバは教頭。だからラッコに改名したんだ。手帳につけといて」

日比野が言った。

「つけなくても、その顔見ればわかる」

「矢場さん、いまでもテレビの仕事やってんの？　見たことないぜ」

この子どもの名前は忘れた。

「そりゃそうさ。おれの出てるのは午後三時だから、君たちは見ることはできない。そのかわり、君たちのママは知っている」

「じゃあ、不倫専門？」

「こいつ」

矢場は天野に手を振り上げた。

「ちがう、グルメさ。腹見りゃわかるじゃん」

こんどは宇野だ。

「夏でも全然やせないね。もっとシェイプアップした方がもてるぜ」

「口の減らない連中だ」

こいつらにはとてもかなわない。

「きょう、学校へ自殺のことで来たんだろう？」

いつの間にか本多の姿が消えていた。

「そうだ。君たちの知ってること、なんでもいいからおしえてくれないか？」

「サツとセン公に会った？」

日比野は、自分と体型が似ているので親近感が持てる。

「会った。しかし、死んだ動機を何もおしえてくれん」

「そりゃそうさ。奴《やつ》らは知らねえもん」

「君たちは何か知ってるのか？」

矢場は知らずに声がはずんだ。

「知ってるよ」

「頼む、おしえてくれよ。なんでもいい」

「オフレコならね。誓う？」

「絶対テレビでは言わん」

「言ってもらってもいいんだ。ただし、ある時期までは黙っていてほしいんだよ」

「わかった。おれも男だ。君らは絶対裏切らん」

始業のベルが鳴った。みんな教室に向かって走り出した。

「彼女には男がいた」

「男？　この学校の生徒か？」

「ちがう」

「だれだ？」

「それがわかんねえんだよ。だから、おれたちそいつを捜し出すよ。そうしたら、真っ先に矢場さんにおしえる」

相原はそう言うなり、みんなの最後から走って行ってしまった。

――片岡美奈子に男がいた。

矢場はもう一度屋上を眺《なが》めた。

最近の子どもたちは高いところからの飛びおり自殺が多い。

その理由の一つは、ただ飛びおりさえすれば、簡単に死ねるからではなかろうか。

もしそうだとしても片岡美奈子はなぜ、あんなに苦労して屋上までよじ登ったのか？　そこに、いったいなんの意味があったのであろうか。

矢場には、そこのところがどうしても納得《なっとく》できない。


矢場は、夜になるのを待って相原の家に電話した。

「さっきは話が途中になっちゃったけどさあ」

矢場は、つとめてくだけた調子で話しかけた。

「彼女にはボーイフレンドは多いんだろう？」

「いないみたい」

「おかしいじゃないか、あんなかわいい顔してるうえに、テニス部のキャプテンだろう。男が放っておかないと思うがな」

「テニス部ってのは、夜暗くなるまで練習するんだよ。そのうえ彼女の家は門限がきびしいから、ボーイフレンドと遊ぶ暇なんてないよ」

「それは、君らが知らないだけさ」

「ちがう。彼女の親友に水原さんていうひとがいるけど、そのひとも彼女にはつき合っている男性はいないって言ってたってさ」

「しかし、君はさっき男がいるって言ったじゃないか」

「言ったよ。というのは、彼女は三年だから夏休み前でテニス部を引退したんだ」

「わかった。問題は夏休みだな。彼女は、どこかである男性と知り合い、深い仲になった」

「深い仲って……？」

「もちろん肉体関係さ。そこで純真な彼女は真剣になるが、男の方は夏休みの一時の遊びでしかなかった」

「それから」

「失意の彼女は学校の屋上から身を投げて死んだ」

「矢場さん、発想が通俗的だね」

通俗的と言われて、矢場は次の言葉が出てこなくなった。

「水原さんも言ってたけど、片岡さんはそんなに簡単に男のひとと仲良くならないって。だけど、妊娠はしていたみたい」

「なに？　妊娠……？」

「じゃあないかって心配してたから、一年の中山ひとみが柿沼に紹介したんだ」

「柿沼って、誘拐《ゆうかい》された子だろう？」

「うん。彼んちは産婦人科だからね。それで柿沼は、自分がやったと親にうそついて診《み》てもらうことになってたんだ」

「そんなことがあったのか……」

矢場は、何も見えないほど濃い霧が、いくらか薄れはじめたような気になった。

「そうしたら、柿沼んちには行かないで、突然死んじゃったんだ。矢場さんはおとなだから、女の気持ちもわかるだろう。どうしてだと思う？」

そう聞かれても答えようがない。

「わからんな。女というものは、男にとって永遠の謎《なぞ》なんだ」

「どうして、調べてから死ななかったのかな。もし妊娠していなかったら死ぬことはなかったのに」

「死んだのは、妊娠とは別のことかもしれんぞ」

「別のことって……？」

「心の問題さ。自分を愛しているか、いないか……そこで彼女は絶望したんだ」

「わかんねえや。だけど、その男卑怯《ひきょう》だと思わないか？　自分のために人が死んだのに隠れて出て来ねえなんて」

「たしかに君の言うとおりだ。しかし、出て来られない者だっているのさ」

「それが許せないんだよ。絶対見つけ出して、みんなでフクロにしてやる」

こういう純粋さが自分の中にあったのは、いつのころだったろうか。

「ところで、君らは一日一善運動というのをやって、おとなを困らせているそうだな」

「教頭が言ったんだろう?」

「そうだ」

「困ってるのは、おとながわるいからさ。だけど校長は喜んでるんだぜ。なんてったって、世のため人のためなんだから。文句のつけようはないよ」

「たしかにそうだ。褒《ほ》めるしかない。そこが手なんだろう。君の考えそうなことだ」

「こんど、矢場さんの力を借りなきゃならないことがあると思うけど、そのときはたのむよ」

「よしわかった」

大きく胸をたたいて見せたが、自分のできることなんて、たかが知れている。

相原はいったい何を言い出すのか、買いかぶられた矢場はちょっと心配になった。

3　老稚園《ろうちえん》

1

銀の鈴幼稚園に、英治《えいじ》や相原《あいはら》が通っていたのはもう七年も前である。

そのころ幼稚園のまわりは、小さな家やアパートがひしめくように建って、ごみごみした街だったが、いまは隣に高層マンションができて、かつての雰囲気《ふんいき》は一変している。

「変わっちゃったな」

英治と相原は、期せずして同じことを言った。

朝倉佐織《あさくらさおり》の住居は幼稚園の敷地内にあるが、いまは高いマンションの底にへばりついているみたいだ。

その夜、朝倉の家を訪れたのは、英治、相原、谷本《たにもと》、中尾《なかお》、天野《あまの》、日比野《ひびの》、久美子《くみこ》、ひとみの八人である。

「君たちは、みんなうちの卒業生だな。どの顔にもむかしの面影《おもかげ》が残っている」

園長で佐織の父親明男《あきお》が言った。

「だけど、この幼稚園のまわりは、むかしの面影がなくなっちゃったなあ」

「君らの年代までは子どもの数が多いんだが、最近はすっかり減ってしまった」

「隣にマンションができたから、あそこの子どもたちが来るんじゃないすか?」

英治が聞いた。

「ところが、あのマンションの子どもたちは一人も来んのだよ」

「どうしてですか?」

「少し離れたところに、設備の立派な幼稚園ができてな。ここが子どもの英才教育をやるというんで、みんなそっちへ行ってしまう」

「幼稚園から英才教育なんてやられたらたまんねえよ」

日比野が言った。

「月謝はうちの三倍なのよ」

佐織が口をとがらす。

「三倍? いくらガキのころから英才教育やったって、バカが利口《りこう》になるわけないじゃん」

久美子が言った。

「君は、あいかわらず鋭いことを言うね」

「園長先生はそう言って褒《ほ》めてくれたけど、成績はさっぱりよ」

「成績は問題じゃない。しかし、君たちの親も含めて、いまの親たちは、自分の子どもを英才にしたいんだよ」

「英才ってのは中尾みたいな奴《やつ》のことさ。こいつ、おれたちより全然勉強しないのに、いつもトップなんだ。頭のできがちがうんだよ」

「そのかわり、天野のアナウンスは抜群だそうじゃないか？」

「先生、知ってるんですか？」

天野は照れくささと、嬉《うれ》しさがミックスしたような顔をしていた。

「君のアナウンスを知らん者はだれもおらんよ」

天野の表情は、いまやくずれそうだ。

「先生、もう一人抜群なのがいます」

相原が言った。

「谷本だな」

「谷本はそうだけど、見ただけじゃわからないでしょう。見ればすぐわかるの」

「わかった。日比野だ。君の体重はあのころから抜群だった」

園長はあらためて日比野をじろじろと見た。

「十月から減量やるんす」

日比野は、大きいからだを縮めるようにして言った。

「ねえ、みんな。大体、こんなにぼろくなったんじゃ、来る子はいないと思わない？」

突然佐織が言うと、久美子はまわりを見まわして、

「私たちのときも、きれいとは言えなかったけど、あれよりもっとひどくなったね」

「設備で人は育たん」

「そのとおり」

男子たちが手をたたいた。

「いくらそんなことを言ったって、来ないんだからじり貧よ」

「じり貧なんてもんじゃない。夏休みが終ってがくんと減った。このままいけば、ゼロになる日もそう遠くはあるまい」

園長は、まるで他人《ひと》ごとみたいに言う。

「先生、そんなのんびりしているときじゃないでしょう。なんとかしなくちゃ」

相原が半分呆《あき》れたように言う。

「それで、君たちが馳《は》せ参《さん》じてくれたのだろう。佐織から聞いて私は感謝している」

「先生、感謝よりも、これからどうするかですよ。老稚園《ろうちえん》はだめですか？」

「いい。たいへんすばらしいアイディアだ」

「じゃあ、やりましょうよ」

園長は、しばらく腕を組んだまま黙っていたが、

「私は佐織から老稚園の話を聞いたとき、それは社会的にも求められており、たいへん意義のあることだからぜひやりたいと思った。しかし、いざやるとなると難しい問題が起こってくる」

「お金ですか？」

「いや、金の問題じゃない。いいかね。うちの幼稚園は私の父親が開園したもので、ことしで五十年になる」

「そうだ」

いつの間にか佐織のおじいさんの重男《しげお》がいた。

「その間、空襲《くうしゅう》で丸焼けになってしまったが、戦後ふたたびつくりあげて、こんにちまでやってきた。わしはいま七十四歳だ」

重男は、七十四歳とは思えぬ張りのある声で言った。

「うちのお母さんも、ここの出身です」

ひとみが言った。

「そうか、そうか」

重男は目を細めた。

「五十年も経《た》つと、そこには自《おの》ずと歴史ができあがる。これは伝説と言ってもいい」

「そうです。ぼくらだって、銀の鈴が消えちゃうのは淋《さび》しいですよ。ここに来ると、あのころは楽しかったなあって思うじゃん」

「それは、もっと老人になってから言うことだ。君たちはまだ若いんだから、過去を振りかえってはいかん」

「だって、いまの中学なんて、面白いこと全然ないんだもん」

ひとみはふくれた顔をした。

「だから、うちはたとえ細々《ほそぼそ》ではあっても、むかしからのファンがあってやっていけるはずだったんだ。それが二学期になって、突然園児が大量にやめてしまった。これには何か訳があるはずだ」

全員の目が園長に集中した。

「それで調べてみたらわかった」

「もう一つの幼稚園がやったんですか？」

英治が聞いた。

「はじめは、私もそうかと思った。しかし、ちがうんだ」

佐織の母親の梨枝《りえ》が紅茶を持って来た。

「敵は別のところにあった。そしてそいつの目的はうちの園児をゼロにし、うちをつぶすことにあったのだ」

「だれですか？　そいつは？」

　相原の声が変わった。

「この半年くらい前から、ある不動産屋がうちの幼稚園を売れと言ってきた。ここは終戦前に買った土地なので、広さは約一〇〇〇平方メートルある」

「買って新しい幼稚園でも建てるつもりなのかな」

「いや、幼稚園なんか建てないさ。私は売る気はないから、いやだと言った。ところが、それから何度も売れ売れとしつこく言ってくるんだ。そのたびに、私は売る意志のないことを向こうにつたえた」

「わかった」

　相原が膝《ひざ》をたたいた。

「どうしても園長が売ると言わないもんだから、園児を引っこ抜いてしまったんだ」

「多分、そうだろうと私も思う。園児がいなくなっては、幼稚園として成り立たなくなるからな」

「じゃあ、子どものかわりに老人なら、ちょうどいいじゃないですか？」

「いいかい、向こうはうちをつぶそうとして園児の引き抜きをやっているんだ。それが園児がいなくなったとたん、老稚園《ろうちえん》の看板を出して黙っていると思うか？」

園長はそれまで手をつけなかった紅茶をやっと口にした。

「引き抜けるものなら引き抜けってんだ。相手はボケ老人ですよ。預かるところがあったらお目にかかりたいよ」

「相原君の言うとおり、園児みたいに引き抜きはやらんだろう。しかし、そのまま何もしないとは思えん」

「何をやるのかしら？」

ひとみが不安そうな目をした。

「あそこに老人を預けたら殺されるとか、そんな悪宣伝をするんじゃないのか」

谷本が言った。

「そのくらいなら大したことはない。ただ私が思うのに、うちにやって来る不動産屋は、だれかに頼まれてやっているのだと思う。そのだれかが問題なのだ」

だれかとはだれだろう。英治には見当がつかない。

「うちの隣に永楽荘《えいらくそう》アパートというのがあるだろう」

「ああ、二階建てのおんぼろでしょう」

「あの持ち主も、あんまりしつこく売れ売れ言うもんだから、売っちまったそうだ」

「中に住んでる人はどうなるんですか？」

「大家《おおや》が替わったからといって、アパートの住人に出て行けとは言えない。しかし、買った奴《やつ》の目的はアパートの住人を追い出さなくてはなんにもならない」

みんながうなずくのを眺《なが》めまわして園長はつづけた。

「まず空《あ》き部屋《べや》に一人ヤクザを入れる。こいつが近所の住人にありとあらゆるいやがらせをする。住人は大家に文句を言うが、大家は取り合わない。結局根負《こんま》けして出て行ってしまう。いやがらせくらいで出ない者には立退《たちの》き料《りょう》を少しはずんで出してしまう。そうやって、十二室のうち十一室の住人を追い出してしまった」

「まだ残っている人がいるんですか？」

英治はそこまでされて頑張《がんば》っているのはどんな人かと思った。

「石坂《いしざか》さよというおばあさんだよ。おばあさんは、ここで死ぬんだって頑張ってる」

「いやがらせって、どんなことするの？」

久美子が聞いた。

「たとえば、石をぶつけてガラスを割るなんてのは日常茶飯事《にちじょうさはんじ》。それから隣で騒ぐ。騒ぎ方もただうるさく楽器を鳴らしたりなんてもんじゃない。それを一晩中やるんだからたまらない。私も何度か一一〇番してやった」

「ひでえなあ」

「それから、水道、電気、ガスを止めるのもしょっちゅうなんだ」

「無茶苦茶だよ、それは。警察はなんともできないんですか？」

相原の頬《ほお》が紅潮してきた。

「できないさ。そいつらがやったという証拠《しょうこ》がないんだから」

「でも、そのおばあちゃんえらいね。そこまでされても出ないんだから。私じゃとても耐えられないわ」

ひとみは目を丸くした。

「奴《やつ》らも、このおばあさんには打つ手がなくなったらしい。近ごろは何もしないそうだ」

「それはかえって怪しいな」

中尾が言った。

「どうして？」

英治が聞いた。

「もしかしたら、おばあさん殺す気かもしれないぜ」

「殺したら、そいつら警察につかまるだろう？」

「だから事故死させるのさ。たとえば、ガスをつかっているとき元栓《もとせん》を閉める。そして火が消えたらガスを出す。そうなりゃガス中毒ということだ。やり方はいくらでもある。そのおばあさんはヤバイよ」

「私もそこまで考えていなかったけれど、そう言われれば危険だな」

園長がつぶやいた。

「きっと、そのアパートとこの幼稚園を買収して、ここに何か建てるんだな」

「マンションかもしれねえぞ」

英治は相原に言った。

「これには黒幕がいるんだが、そいつがまだ顔をあらわさんのだ」

「とにかく老稚園《ろうちえん》の募集を早くやろうよ。テレビリポーターの矢場《やば》に言えば、きっと取材に来てくれる。そうすりゃテレビに出て、園児はどっと集まるぜ」

「それは、こちらが向こうに宣戦布告《せんせんふこく》するようなものだ。黙っちゃいないぞ」

「いいじゃないすか。そうしたら戦いましょう、なあみんな」

相原がみんなの方を見て言うと、

「おう、やるぞ」

と、全員が手を挙げた。

「いい方法を思いついた」

中尾がぽつりと言った。

「なんだ？」

こういうとき、中尾はきっと、みんなをあッと言わせることをいうのだ。

「おばあさんが殺されないうちに、隣のアパートをおれたちで占領しちゃおう」

「ええッ」

英治はその次の言葉を待った。

「そのアパートに、ヤクザらしい奴《やつ》は何人いますか？」

「せいぜい、三、四人だ」

園長が答えた。

「じゃあ、空《あ》き部屋《べや》がいっぱいあるはずでしょう」

「ある」

「そこがこっちのつけ目さ。おれたちが幽霊になるんだ。そうして奴《やつ》らを脅《おど》かすのさ」

「幽霊……。聞いただけで鳥肌《とりはだ》が立ってくるよ」

ひとみは蒼《あお》い顔をした。

「どうやってやるかは、これから研究しよう。どうだ相原」

「賛成だ。幽霊はいい。片岡《かたおか》先輩の幽霊なんかも出してもいいな」

「あいつらって、大体頭の方は弱いだろう。だから、たたりとか、お祓《はら》いとか、適当なことを言って脅かせば、だれも住みつかなくなるぜ」

天野はもうノッて来た。

「よろしい。一切を君たちに任そう」

園長ははっきりと言い切った。

「ほんと？　お父さん」

佐織が目を輝かせた。

「うん。このままじっとしていたら、じり貧でつぶれてしまう。私は君たちに私の運を賭《か》けてみようと思う」

「任してください。きっとやります」

「これこそ天使ゲームだぁ」

「面白くなってきたぞお」

みんな口ぐちに言い合った。英治も解放区のときのように気持ちが昂《たか》ぶってきた。

2

片岡美奈子さんは他殺の疑い濃厚。

この警察発表は、全校生徒に自殺のとき以上のショックをあたえた。

所轄《しょかつ》のA署に設けられた捜査本部の発表によると、本館の屋上には、工事用鉄パイプをつたい、非常階段を登るしか考えられない。

それにもかかわらず、片岡美奈子の両掌《りょうて》および衣服、スニーカーに、鉄サビとか油などがまったく付着していない。

それに頭蓋骨《ずがいこつ》の陥没状態《かんぼつじょうたい》が、落下地点のコンクリートでできたものとは考えにくい。おそらく犯人は、鈍器のようなもので被害者の頭をなぐり失神させたうえ、屋上まで運び上げ、下に落としたものと考えられる。

屋上に運ぶ方法だが、失神しているとはいえ、被害者は四十二キロある。これをかついでパイプをよじのぼることは不可能である。

そこで考えられることは、失神した被害者を寝袋ようのものに入れ、それにロープをくりつけ、加害者はそのロープを持って屋上に登り、そのあと遺体を引き揚げたと思われる。

なお、本館の外壁にはビニールようのもので強く摩擦《まさつ》した痕《あと》が残っている箇所《かしょ》がある。

私は死にますという遺書については、被害者が加害者にわたした文面の一部を切り取り、遺書らしく偽装したものと思われる。

被害者は妊娠二か月であるので、夏休み中の交友関係について、関係者から事情を聴取している。

警視庁捜査一課の花井《はない》刑事は、所轄署《しょかつしょ》の遠山《とおやま》と組んで、聞きこみにまわることになった。

遠山は一見したところ、二十五、六歳にしか見えないし、いわゆる刑事顔でない。色白でのっぺりとしていて、ホテルのフロントにでも立っていたら、ぴったり似合いそうだ。

「おれはことし厄年《やくどし》だ」

「すると四十二ですか？」

「被害者と同じ中学三年の娘がいる」

「そうですか。じゃあ……」

花井の娘は玲子《れいこ》というが、花井に似て容貌《ようぼう》はいかつく、美人とはほど遠い。弟の喬《たかし》は妻に似てハンサムなので、玲子は、いつも父親に似た不運を呪《のろ》っている。

――そのかわり虫がつかなくていい。

それは心の中で思っているだけで、口に出したらたいへんだ。

「十五の娘が妊娠していたとなると、親はしんどいな」

花井は、これから会う片岡美奈子の父親の顔を想像して気が重くなった。

「中学三年生を私は何度も補導したことがありますが、連中はエッチに対して好奇心が強くて、軽はずみに考えています」

「どういうことだ？　それは……」

「簡単に考えているということです」

「みんながみんなそうとは言えんさ」

「もちろん、一部の連中ですが……」

「マスコミが煽情的《せんじょうてき》に書き過ぎるんだよ。うちの娘なんか、まだまるで子どもだ。おれの前でパンツ一枚になって平気なんだから」

被害者の父片岡隆次《りゅうじ》と会うのは、新宿のPホテルのコーヒーショップということになっていた。

「こんなところにお呼び立てして済みませんが、マスコミの攻撃でこちらの方がノイローゼになりそうなので、しばらくここに退避することになりました」

片岡隆次は一分の隙もなくスーツを着こなし、絵に描いたような銀行マンだが、頰《ほお》がげっそりとやつれて見えた。

「私は、娘の素行《そこう》には殊更《ことさら》きびしくしていたつもりです。それが妊娠していたとは……。殺されたことより、そちらのショックの方が大きいです」

片岡は額《ひたい》の汗を白いハンカチで拭《ぬぐ》った。

「口惜《くや》しいです。残念です。恥ずかしくて人に合わせる顔がありません。私はあれほど娘を信頼していたのに」

あまりに苦渋《くじゅう》に満ちた表情で、花井には正視するのが耐《た》えられなかった。

「子どもは、いつか親を離れるものです」

花井は、いつも自分に言い聞かせている言葉を口にした。

「しかし、美奈子はまだ十五歳ですよ」

「お嬢さんは、おそらく男に欺《だま》されたのだと思います」

「それがわからない」

片岡は両手で頭を抱えた。

「美奈子に男とつき合う暇はなかったはずです」

「それは担任の本多先生からも聞きました。少なくとも夏休みまでは、そういう関係はなかったと信じたいところですが、妊娠二か月という事実は、夏休みの直前にあったということを証明しています」

「刑事さんのおっしゃるとおりです。しかし、私は全然知りませんでした。だめですなあ、父親の目なんて。私はすっかり自信を喪失しました」

この男、おそらくこれまでに挫《ざ》折《せつ》というものを知らなかったにちがいない。勉強も、仕事も、結婚も、子育ても……。だからこんなにショックを受けているのだ。

それにくらべると、花井のこれまでの人生なんて挫折だらけだ。だから何が起きたって、こんなに落ちこむことはない。

エリートコースを順調に歩みつづけてきた片岡にとって、娘が自殺すること自体、大きな失点と考えたにちがいない。それが殺され、しかも妊娠しているということが公表されては、エリートとしてのメンツは丸つぶれだ。

おそらくいまの片岡にとっては、娘の死の悲しみよりも、将来が破滅してしまったと思うショックの方が大きいかもしれない。

「片岡さん、あなたは家でお嬢さんといろいろと話をされたことはないでしょう?」

「ありません」

「もう少し話をしていたら、お嬢さんもこんどのことの片鱗《へんりん》くらい話したかもしれません」

「それは刑事さん酷《こく》です。仕事に疲れはて、家にたどり着く私に、そんな余裕は残っていません」

仕事一途《いちず》、上昇志向の塊《かたま》りのような男。この男と話していると、娘が殺された怒りは感じられても、父親としての悲しみがつたわってこないのが、花井にとって不快であった。

「これから奥さんにお会いします」

「そうですか。私はここしばらく家には帰らないつもりですから、家内《かない》にはよろしく言ってください」

片岡と別れてホテルを出たとたん、

「妙な男ですね」

と、遠山が言った。

「君は大学を出ているんだろう？」

「ええ、二流の。いや三流かな。とても、あんな男の下では働けません」

「そんなこと心配する必要はない。どうせ採用してくれんよ」

花井が言うと、遠山は苦笑した。

「しかし、あれではまるで娘が殺されたことが出世の妨《さまた》げになるような口ぶりだったじゃないですか。そんなばかなことがありますか」

「銀行の名前は発表しなかったんだが、マスコミに嗅《か》ぎつけられてしまったんだろう。このことで銀行にいいイメージをあたえなかったことを苦にしているんだろう」

「しかし、これは不可抗力ですよ」

「娘が中学生で妊娠し、殺されるということは、家庭に問題があった。そういう男は幹部になるとき減点の対象になる。これは警察でも同じだ」

「ただし、キャリア組でしょう」

「そのとおり、おれたちには関係ない。人間、出世を諦《あきら》めると急に気楽になる」

「花井さん、定年までやるつもりですか？」

「もちろんだ。君は……？」

「ぼくは、いやになったら辞《や》めます」

こういう刑事が最近ふえてきた。しかし、それにいちいち腹を立てていたのでは仕事ができない。

花井は気にしないようにつとめている。

片岡の妻ゆかりとは、彼女がコーチをしているスイミングスクールのプールサイドで会った。バスローブをはおっていたが、均整のとれたからだと足が、日本人ばなれしている。

現在三十八歳ということだが、若いころはさぞかし美しかったにちがいない。美奈子は母親似なのだと花井は思った。

「お嬢さんとお父さんの仲は、あまりうまくいっていたとは思えませんが……」

花井は、長い足をまともに見ていると気がひけるので、いくらか視線をそらし気味にして聞いた。

「主人は仕事以外頭にない人ですから、娘との会話はございませんでした」

「しかし、しつけはきびしかったようですね」

「しつけというより世間体《せけんてい》ですわ。スキャンダルを何より怖《おそ》れていましたから」

「お母さんとはよくお話しになりましたか?」

「はい。なんでも話してくれました」

「ボーイフレンドのことなども?」

「ボーイフレンドをつくりたくても暇がないとぼやいておりました」

ゆかりの視線は、プールで泳いでいる子どもたちに向けられていたが、何も見ていないように感じられた。

「夏休みのことですが、お嬢さんは軽井沢《かるいざわ》で八月一日から一週間、テニス合宿をなさいましたね?」

「はい。ほんとうは一学期で引退したので行かなくてもよかったのですが、顧問の本多先生に頼まれて行きました」

テニス合宿については、教師の本多や参加した生徒たちから事情聴取したが、参加人員は十五名、被害者はコーチ格でみんなと同じ宿舎に泊まり、朝から夜まで行動を共にしていたので、男の友だちと交際する暇などはまったくなかったということであった。

「それ以外、夏休みで変わったことはありませんでしたか?」

「毎日二時間はここへ来て、私のアシスタントをしてくれました。それが終ると塾へ行くというスケジュールです。来年、高校受験なのですが、いままでスポーツばかりやっていたので、この夏休みには頑張《がんば》ると言っておりましたが、実際そのようでした」

ゆかりは急に娘のことを思い出したのか、指で目頭《めがしら》を押さえた。

「解剖の結果から判断しますと、お嬢さんにそういうことがあったのは七月の下旬ごろだと思われます」

「七月の終りといえば夏休みの直前ですわね。私には、美奈子にそういう男性がいたとは信じられません」

「相手が好きではなくても、無理矢理にということも考えられます」

「無理矢理だったら、少なくとも私には話すと思うのですが……。でも、事実そういう証拠が残っているんですから、無かったとは否定できませんわねえ」

「夏休みの終りごろ、お嬢さんの態度に変化はありませんでしたか？」

「気がつきませんでした。迂闊《うかつ》なことですが」

ゆかりは目を伏せた。

「軽井沢の合宿から帰ったあとはどうでした？」

「八月の八、九、十は主人が夏休みをとりましたので、私と主人はすれちがいで軽井沢に参りました。美奈子にもいっしょに合流しようと言ったのですが、塾があるとか言って一人だけ家におりました」

「すると、その三日間にもう一度その男性と逢《あ》うのが目的だったのかもしれませんね」

遠山は、花井の方を向いて言った。

「それが目的かどうかは断定できない」

「私の言っているのは、男性の方から強要されてという意味も含めてです」

「すると、お嬢さんと会われたのは、八月一日からだから、十一日目ということになりますね？」

「そうなります」

「どうでした？　そのときの様子は……」

「十一日間も離れて暮らしたのははじめてでしたから、とても嬉《うれ》しそうでした」

「嬉しそう……」

それが花井にはわからない。それまでつき合っていたボーイフレンドと、遂にからだの関係を持ったというのならわかる。あるいは被害者が不良でそういうことを常時していたというなら、これもわかる。

しかし、被害者にはそれまでボーイフレンドと称する者はいなかった。

突然あらわれた男と肉体関係まで行けるようなタイプではない。しかし、それが現代の若い娘なのかもしれない。

花井は、家に帰ったら娘の玲子に聞いてみようと思った。

「九月五日のことですが、あなたが帰宅されたのは何時ですか？」

「スイミングスクールが終ったのが三時。それから生徒さんたちと喫茶店でコーヒーを飲んで、夕方買い物をして、家に着いたのは五時ごろだったと思います」

「そのとき、お嬢さんはいましたか？」

「おりません。塾に行っているものと思って気にもとめませんでした」

「塾は何時まであるんですか？」

「二学期からは部活《ぶかつ》もなくなりますので、四時から六時まで。それから夕食を食べて七時から九時まで別の塾へ行くことになっておりました」

「しかし、六時過ぎになっても帰ってこない。そこでどうされましたか？」

「最初は、夕食を食べずに、次の塾へ行ったのかなと思いましたが、なんとなく心配になって、お友だちの水原さんに電話しました。そうしたら、塾はあしたからだと聞かされたのです」

「そして帰らなかった」

ゆかりは両手で顔をおおった。

「いままで、無断外泊はありましたか？」

「とんでもない」

ゆかりは強く首を振った。

「それで、どうされました？」

「私は知っているところへ電話しようとしたのですが、帰って来た主人が、そんなみっともないことをするなと言いますので、朝までまんじりともせず夜を明かしました」

「では、お嬢さんが亡くなられたことは、警察からの知らせで知ったのですね？」

「そうです」

ゆかりはハンカチを目にあてた。

3

「矢場さんいますか？」

相原は、矢場がおしえてくれた番号に電話した。

「はい、矢場です」

矢場の元気のいい声がした。

「ぼく、東中の相原徹《とおる》です」

「ああ君か……。君んとこの女の子、他殺だったとはおどろいたな」

「矢場さん、あれから来ないじゃないですか？」

「おれは殺しはやらん、もっとやわらかいものさ」

「やわらかいかどうか知らないけど、取材してもらいたいことがあるんだけど」

「セン公をやっつける話なんてだめだぜ」

「そうじゃない。もっとマジなもの」

「話してみなよ」

矢場は気のない声で言った。

「最近、幼稚園がだめになってる話知ってますか？」

「知ってるよ。ガキの数が減っちまったからさ」

「うちの近くにも銀の鈴って幼稚園があるんですが、そこも園児がゼロになりそうなんです」

「幼稚園がつぶれるなんてのは、ありふれていてネタにならんよ」

「そうじゃないんです。そこを幼稚園でなく老稚園《ろうちえん》にしようとしてるんです」

「老稚園？　なんだい、そりゃ」

「子どものかわりに、家庭で面倒見られない老人の面倒を見るんですよ」

「それじゃ、老人ホームじゃないか」

げるんです」

「老人ホームとはちがいますよ。家にいては退屈な老人を集めて、一日中遊ばせてあ

「それは、アイディアとしては面白いな」

「でしょう。だからテレビで取り上げてもらいたいんです。そうすれば広告しなくても、いっぱい集まるでしょう」

「テレビで、ただで宣伝しようというのか、考えたな」

「これは、社会的にも意義のあることだと思うんですけど」

「たしかに、ボケとか寝たきり老人は社会問題だ。しかし、それだけでテレビで取り上げるのは無理だな」

「どうしてですか？　テレビって、そういうためにあるんじゃないんですか？」

「そうとも言えないのがテレビなんだよ。君らのお父さんやお母さんに聞いてみたまえ。テレビで、いつもまじめな問題ばかり取り上げてもいいかって。君らだって、アニメとかクイズとかバラエティ、歌なんかが好きだろう」

「それはそうだけど……」

「いいかい。おれがもしその老稚園《ろうちえん》を取り上げたいと言っても、ディレクターはうんと言ってくれんだろう。うんと言ってくれなけりゃ、おれは動けないんだ」

「矢場さんって、案外大したことないんですね？」

「ないとも、池に浮いてる水草みたいなもんだ」

矢場は自嘲気味《じちょうぎみ》に言うと、

「いまからタレントの記者会見に行かなくちゃならん。またいいネタがあったらおしえてくれよ」

「いいネタって何ですか？」

「不倫、グルメ、温泉。それにタレントのスキャンダル」

矢場はそれだけ言うと、電話を一方的に切ってしまった。

「どうだった？」

英治と安永、久美子が相原の顔をのぞきこんだ。

「だめだってさ」

「どうして？」

安永が聞いた。

「話題がまじめ過ぎるって。こういう話題じゃディレクターがうんと言ってくれないそうだ」

「あいつ、そんなに力がないんなら、えらそうなことを言わなきゃいいんだよ」

久美子はすっかりむくれている。

「やっぱり矢場を頼ったのがまちがってたんだ。おれたちでやろう」

「おとななんて、みんなそんなもんさ」

谷本が醒《さ》めた顔で、

「じゃあ、宣伝文は中尾がつくる。デザインは秋元《あきもと》。おれはそれをワープロで打って、コピーをつくる」

「電信柱に貼《は》るのか？」

英治が聞いた。

「ちがう、老人のいる家のポストに入れるんだ。最初は十人も集まればいいだろう」

「それだけ集まれば多過ぎるくらい」

佐織が言った。

「じゃあ、まず佐織んちの隣のアパートに住んでる、おばあさんのところへ行こうぜ」

相原が言った。

「行こう、行こう」

みんなが言うと、

「だめだよ、こんなにたくさんで行ったら、住んでるヤクザにばれちゃう。行くのは私と相原君とあと一人」

「谷本、お前いっしょに来てくれ、お前ならいろんな細工《さいく》ができると思うんだ」

谷本がうなずいた。

「おれも行くよ」

英治が言うと相原は「うん」とうなずいた。

そのアパートは、英治たちが銀の鈴幼稚園に通っていたころは、まだそれほどおんぼろとは思わなかったが、こんどはじめて近くまで行ってみると、各部屋のガラスは割れ、まるでお化け屋敷みたいだった。

アパートは一階が六部屋、二階が六部屋だが、一階のいちばん端、幼稚園寄りに電気がついている。

「あそこが、おばあさんの住んでる部屋よ」

佐織が低い声で言った。

「ヤクザのいるところはあそこか?」

英治は、おばあさんの住んでいるという部屋の反対側を指さした。

「そう。あそこが一号室で、おばあさんの部屋は六号室」

「ヤクザの住んでるのはあそこだけか?」

相原が聞いた。

「おばあさんの住んでる真上、十二号室にも住んでるんだけど、窓が暗いところを見ると、まだ帰ってないかもね」

「とにかく、一号室に行ってみようや」

「じゃあ、私のあとについて来て」

佐織は、ペンシル型の小さい懐中電灯で足もとを照らした。

「ころんだりしないように、気をつけて歩いてよ」

三人がうなずくのを待って、佐織はブロック塀《べい》との五十センチくらいしかない隙間《すきま》を歩きはじめた。

ここは風が全然通らず、地面から湿ったいやなにおいが漂ってくる。そのうえ、びんのかけらや、あきかん、プラスチックのかけらなどが落ちているので、歩きにくいことこのうえもない。

ようやく、二号室までたどりついた。

「ちょっと待って」

谷本はみんなに囁《ささや》くと、一人だけ一号室の下まで這《は》うようにして行き、小さなマイクをガラス窓にくっつけ、イヤホンを耳にあてた。
二、三分そうしてから、ふたたび二号室の下までもどって来た。
「中には男が二人と女が一人いる。テレビを見ながら、酒を飲んでるみたいだ」

「もどろう。いまならおばあさんの部屋に行っても大丈夫」

佐織のあとにつづいて、もと来た隙間をもどった。全員が汗でぐっしょりになった。

佐織は、おばあさんの部屋の下まで来ると、こつ、こつ、こつと、指で三回ガラス窓をたたいた。

中からの反応はない。ふたたび、こつ、こつ、こつと三回たたく。

こんどは窓が細めにあいた。

「私」

佐織は伸び上がって顔を見せた。おばあさんがうなずいた。

「友だちつれて来たんだけど、入っていい？」

「いいよ」

おばあさんは、ガラス戸を五十センチくらいあけた。

「靴《くつ》を脱いで入って」

英治が真っ先に、頭から入った。つづいて谷本、相原。最後に佐織が入った。

「みんな、ひどいかっこうをしてるね」

おばあさんに言われておたがいに見つめ合うと、シャツも顔も、汗とほこりでひどいものだ。

「台所で顔を洗って裸におなり」

男三人は、小さな流し台の洗面器で顔を洗い、上半身裸になった。佐織はさすがに顔だけ洗った。

「みんな、よく遊びに来てくれたね」

おばあさんは、缶ジュースを四本みんなの前に出して「お飲み」と言った。のどが渇いていたせいか、英治は一気に飲み干した。

「いま、一号室を見て来たのよ。男が二人と女が一人テレビ見てたわ」

「そうかい」

佐織はおばあさんと言ったが、よく見るとまだそれほどの年とは思われない。白髪でからだは細く、顔にしわがあるが、顔色はよく、声に張りがある。

「上の部屋はまだ電気がついてないから帰ってないみたい」

「上の二人が帰るのは、毎晩十二時だよ」

「それまで何やってんのかな?」

英治が聞いた。

「どうせ、どこかのバーかキャバレーの用心棒だろう」

「いまでも、いやがらせする?」

「上の連中は、帰って来ると、ひととおりどたばたやってから寝るよ」

「それ、毎晩?」

相原が聞いた。

「毎晩だよ」

おばあさんは、こともなげに言う。

「じゃあ、眠ってても目がさめちゃうでしょう?」

「さめるけど、また眠っちまうから、なんてことないよ」

「一号室の連中は何かする?」

佐織が聞いた。

「それが、この一週間ばかり気味がわるいみたいに何もしないんだよ」

「それはおかしいね。きっと何かやるための準備だよ」

「そうかね」

「おばあさん、そんなひどいことされて、よくいられますね」

英治が聞いた。

「ひどいことといったって、私をぶったり、けったりするわけじゃない。ただうるさいことするだけだからね。なれればなんともないよ。年寄りは神経が鈍いからね」

「あいつら、いつもここにいるんですか?」

谷本が聞いた。

「日曜日になると、昼間はみんないなくなるよ、きっと競馬でもしに行くんじゃないのかね」

「日曜日の昼間ですね」

谷本は相原と英治の顔を見た。そのときに、谷本は何か仕掛けをつくろうと考えているにちがいない。

「佐織ちゃんの話によると、あんたたち、あいつらを追い出すんだって」

「ええ、そうです」

相原ははっきりと言った。

「そんな無茶なこと。相手はヤクザだよ。もし私のためだったらやめておくれ」

おばあさんは真剣な顔で言った。

「おばあさんのためもありますけど、それだけじゃありません。奴《やつ》らはおばあさんを追い出したら、すぐこのアパートを取《と》り毀《こわ》すでしょう。そしてその次は銀の鈴幼稚園を乗っ取ろうとしてるんです」

「ほんとかい？」

おばあさんは、佐織の顔をまじまじと見つめた。

「ほんとよ。そうして、ここに何かつくるつもりらしいの」

「わるい奴だね。私はどんなことがあってもどかないから安心おし」

「おばあさんがいくら頑張《がんば》っても、一人では限界があります。それに、おばあさんを殺すかもしれない。だから逆に奴らをこのアパートから追っ払ってしまえばいいんです」

「そんなこと、子どものあんたたちができるわけないじゃないか。向こうはプロなんだから、逆にやられちゃうよ。わるいこと言わないから、絶対およし」

「ところができるんです。いまに見ててよ。奴らはだれも寄りつかなくなるから」

「信じられないね。どうやってやるんだかおしえてくれないかい」

「幽霊です。ここを幽霊アパートにしちゃうんです」

「幽霊アパート？」

「おばあさん、幽霊怖《こわ》いですか？」

「私の年ごろになると、怖いものなんてないよ。幽霊でも出てくれれば賑《にぎ》やかだから大歓迎だよ」

「それなら話はきまった。さっそく、こんどの日曜日からとりかかろう」

谷本が声をはずませた。

「それからさあ、瀬川《せがわ》のおじいさん捜そうよ」

英治は突然閃《ひらめ》いたのだ。瀬川卓蔵《たくぞう》は工場跡に一人で住んでいて、七日間戦争のときはひとかたならぬ世話になった。

というより、瀬川がいなければあの戦いはきっと負けていたにちがいない。

「あのおじいさんなら見たことあるって言ってたよ」

佐織が言った。

「だれが？」

英治は思わず大きい声になった。

「純子だよ。駅前で自転車を並べているのを見たって。声かけたのに知らん顔してたけど、あれは瀬川のおじいさんにまちがいないって」

「瀬川のおじいさんに何か頼むのか？」

相原が怪訝《けげん》な顔をした。

「うん。どうしても、あのおじいさんが必要なんだ」

「何をやってもらうんだ？」

「それは、いまはちょっと言えないよ」

英治は、にやっと笑って見せた。

4

警視庁捜査一課の花井は、娘の玲子に、突然好きな男ができて、肉体関係までいってしまうものかどうか聞いてみた。

「そりゃあるよ」

玲子はけろりとして言った。

「まじめな子でもか？」

「そんなの関係ないよ」

「ばか、大変なことなんだぞ」

花井は思わず大きい声を出してしまった。

「すぐそういう顔するから、お父さんと話したくないんだよ」

「すまん、すまん、ところで、お前、まさか……」

「私はまだやってないけど、もう何回もやったって子いるよ」

花井も、いまの若い少年少女たちに、平気でエッチをする子がいるということは聞いていたが、これを娘の口から平然と言われるとショックだった。

「しかし、そんなことやって、もし子どもができたらどうする？」

「そんなドジはやらないよ。やるときはちゃんと避妊するもん」

「お前、そんなことも知ってんのか？」

「常識だよ」

「それでもできちゃったら？」

「みんなでカンパしておろす」

花井はため息が出た。

「お前は、いい加減なことでやるなよ」

「私はやらないよ。第一、私みたいなブスはナンパされないもん。これはお父さんのせいだよ」

「おかげだといえ」

花井は、被害者の片岡美奈子についても、おとなの常識で判断してはいけないと自分に言い聞かせた。

しかし、聞き込みをすればするほど、スポーツと勉強にしか関心を持たない、理想的な中学生像しか浮かび上がってこなかった。

花井と遠山は、もう一度美奈子の親友である水原由紀《みずはらゆき》に会ってみることにした。

学校で、担任の本多《ほんだ》が立ち会って、二度目の事情聴取を行うことになった。

「妊娠したかもしれないと言ったのは、夏休みの終りだと言ったね？」

こういう若い子に対する質問は、同じ年ごろの子どもを持っている方がうまいと思ったが、きのうの玲子とのやりとりで自信を失ったので、若い遠山に任せることにした。

「八月三十一日です」

「そのとき、片岡君は深刻そうだった？」

「ええ、とっても。だから私、早く病院に行ったほうがいいって言ったんです」

「うん」

遠山は気軽にうなずく。

「そうしたら、彼女は、お父さんにばれたらどんなことされるかわからないから死にたいって言ったんです」

「死にたいって？」

「ええ。私びっくりしちゃって、『何言ってんのよ。まだ調べてみなけりゃわからないじゃない。とにかく調べなさいよ』って言うと、『産婦人科になんか恥《は》ずかしくて行けない』って言うから、一年の中山ひとみさんに言って、柿沼君に頼んでもらったんです」

「それは九月一日？」

「そうです」

「柿沼君がOKと言ったのは？」

「三日の夜おそくです。一年の堀場《ほりば》久美子《くみこ》さんから電話がありました。それで私は翌日彼女にOKだということを言いました」

「どうして、その晩は電話しなかったの？」

遠山はあくまでもやわらかい口調で聞く。

「久美子さんの電話は十一時を過ぎていたので、そんなにおそく電話したら、彼女のお父さんに叱《しか》られると思ったからです」

「九月五日、君は柿沼君のところに行こうと言った。そうしたら行かないと言った」

「そうなんです。私がいっしょに行くからと言ったら、こんどは突然『私、赤ちゃん産む』って言い出すんです。『中学生で赤ちゃんが産めるわけないじゃない』私は必死に止めましたが、彼女はどうしても産むと言い張るんです。『じゃあ勝手に産めば』私も頭にきてけんかになっちゃったんです」

「その日は学校を何時に出たの？」

「三時です。いつもはいっしょに帰るんですが、その日は私も頭にきてたから、別々に帰りました」

「それから連絡は……？」

「夜になって彼女のお母さんから、美奈子が帰って来ないけど知らないって電話がありました」

「それは何時ごろ？」

「八時ごろだったと思います。私は知りませんと答えました」

「死んだという知らせは、だれから聞いた？」

「翌朝、彼女のお母さんです。学校の屋上から飛びおりて自殺したって。私はもう腰が抜けるほどびっくりして、知ってる人みんなに電話しました」

水原由紀の額《ひたい》に汗が浮き出てきた。

「君の話は非常によくわかる。そこでもう一つ聞きたいんだけれど、軽井沢のテニス合宿で何か変わった様子はなかったかね？」

「合宿中は別に変わった様子はありませんでしたが、東京に帰るときはとっても憂鬱《ゆううつ》そうでした」

「どんなふうに？」

「ため息ばかりついているので、どうしたのって聞いたんですけど、何も言いませんでした」

「宿舎は軽井沢のどの辺？」

「宿舎はコートの脇《わき》にあるんですが、軽井沢と言いましても、追分《おいわけ》の駅の近くですから、いわゆる賑《にぎ》やかな旧軽《きゅうかる》とは全然雰囲気《ふんいき》がちがって、店も人もあまりいない、自然の森の中です」

水原にかわって本多が答えた。

「賑やかな軽井沢に遊びに行くということはなかったのですか？」

「せっかく来たのに、一度は見たいというので、全員で一度だけ行く予定にしていました。合宿の終る前日の八月七日です。そこでの自由行動は三時間で、行きと帰りは全員いっしょでした」

「そのとき、片岡さんもいっしょでしたか？」

「そういえば、あの日片岡さんは頭が痛いとか言って参加しなかったわね」

本多が水原の顔を見て言った。

「ええ。だから留守番が一人くらいいた方がいいって、宿舎に置いてっちゃったんです」

「旧軽井沢に遊びに行っていた時間は何時間くらいですか？」

「朝の練習をしたあと、追分駅発十一時四十八分に乗って行き、帰りは軽井沢発十五時二十一分だったと思います」

本多は手帳を見ながら答えた。

「すると、一人で宿舎にいたのは三時間半というところですか」

遠山は花井の顔を見た。花井はうなずいただけで、また聞きたいことがあったら頼むと言って応接室を出た。

校舎を出て校門に向かう途中、休憩時間《きゅうけいじかん》らしく、生徒たちが二人のまわりに集まって来た。

「犯人見つかった？」

「逮捕《たいほ》はいつ？」

と、口ぐちに話しかけてくる。

二人とも黙ったまま、生徒の間を通り抜け、校門を出た。

「被害者の家庭事情からすると、妊娠したことだけでも衝撃的事実《しょうげきてきじじつ》なのに、なぜ産むと言ったんだ？」

俯《うつむ》いて歩いていた花井は、危うく前から来た人とぶつかるところだった。

「不可能であることを知りながら言ってるんですね。やけになったんでしょうか？」

「いや、そういう子ではない。あの言葉は、おそらく、犯人に言ったのではないかと思う。それを思わず親友の水原に洩《も》らしたのだ」

「だから犯人は殺す気になったのでしょうか？」

「そいつがどういう地位の男か知らんが、中学三年の子どもが子どもを産むということになったらたいへんなことになる」

「すると、この犯人は中学生や高校生ではないですね」

「絶対ちがう。奴《やつ》らだったら、あんな手のこんだ殺しはやらん、犯人はおとなだ」

「おとなですか……。私は八月七日に被害者が一人になった三時間半にこだわるのですが、そのとき、被害者は犯人と接触するために、わざと病気をよそおい、旧軽行きを中止したのではないでしょうか」

遠山は視線を前方に向けたまま言った。

「八月七日の十一時に旧軽へ行くことは前から決まっていたことだから、その時間に会うことはできる。しかし、これはどちらが会いたいといったことかな？」

「その翌日、東京に帰る日に被害者は沈んでいたと言いましたが、これはどう解釈したらいいでしょうか？」

遠山はさっきから、額《ひたい》の汗を拭《ふ》きづめである。

「二人の間がうまくいかなかったのでしょうか？」

「被害者はまだ十五歳だぜ。そんなおとなのような男女関係はないだろう」

「肉体交渉は七月下旬でしょう」

「それなんだ。彼女は関係を結んだ男から脅迫《きょうはく》されたとみるのが正しいんじゃないかな」

花井にも、はっきり自信があって言った言葉ではない。

「脅迫というと、父親にばらすとか……？」

「常識的にはそういうことになる」

「すると、東京に帰るとき、ため息ばかりついていたことは納得《なっとく》できますね」

「東京に帰ると、八、九、十と両親がいない。犯人にとっては絶好のチャンスだ」

「そのときにまた関係することを強要するとかしたのでしょうか？」

「被害者は、そんなことで悩んでいたのかもしれない」

「何かが、ぼんやり見えてきた感じですね」

「まだ、見えるところまではいっていない」

「もし、被害者が意図的に旧軽に行かなかったんだとしたら、犯人は追分《おいわけ》に行っています」

「行ったとしたら……」

「その時間、犯人のアリバイは当然なくなります」

「そのとおりだ。本部へ戻《もど》ったら、どのくらいの時間で東京・追分を往復できるか時刻表で調べてみよう」

しかし、被害者は、そもそもどうして男と肉体交渉を持つことになったんだろう。何か弱みを握られていたのだろうか。

まじめな女子中学生で、おとなから弱みを握られることとはいったいなんだろう。

花井は、舗道《ほどう》の照りかえしに目を細めながらそれをずっと考えつづけた。

5

九月十五日は敬老の日である。老稚園《ろうちえん》の開園はこの日にしようと言い出したのは中尾である。

「それはグッドだ。それまでに何人か集めて、開園のことはマスコミに知らせようや。そうすれば、テレビはだめでも、新聞は書いてくれると思うぜ」

相原は、中尾の意見がすっかり気に入った。もちろん反対する者はいなかった。

「十四日が日曜日で、十五日も連休になる。アパートの仕掛けは十四日にやろうぜ」

谷本が言った。

こんや相原進学塾に集まったのは、相原、英治、中尾、安永、日比野、天野、柿沼、宇野、それに佐織、ひとみ、純子、久美子の十二人である。

もう一人あらわれる人物を、英治はさっきから待っていた。

もうそろそろ約束の時間である。英治はそのことが気になって、みんなの話している言葉が上《うわ》の空《そら》である。

「こんばんは」

老人の声が聞こえた。英治は反射的に椅子《いす》から立ち上がって玄関へ走った。

瀬川卓蔵が玄関に立っていた。

「どうぞ、上がってください」

英治は瀬川をつれて教室へ入った。

「あッ、瀬川のおじいさん」

みんなの視線がいっせいに瀬川に集中した。

「やあ、こんばんは。みんな元気そうな顔しとるな」

「おじいさんも元気そうじゃん」

瀬川は、工場に一人住まいしていたころとくらべると、小ざっぱりした服装をしている。

「そう見えるか？」

「かっこうもきれいになったし、もうホームレスはやめたの？」

天野が聞いた。

「あの工場を追い出されてから、行くところがなくなっちまってな。しかたないから家に帰ったんだ」

「吉祥寺《きちじょうじ》の家へ？」

「うむ。しかし、家に居るとどうしても落ち着かん。そこで例の駅の自転車整理をしとるんだ」

「わざわざこっちまで出て来るの、たいへんでしょう」

久美子が聞いた。

「いや、君たちのことを思い出すと、自然に足がこっちに向いてしまうのだ」

「どうしてわかんなかったのかなあ」

日比野が首をひねった。

「やりはじめたのは九月になってからだし、それに自転車の整理は朝の九時から二時間だ」

「それじゃ、みんな学校に行ってる時間だもん、会えるわけねえよ」

「しかし、わしは君らが学校から帰る姿を、ときどき見かけたぞ。ただし、ものかげからな」

「声をかけてくれりゃよかったのに」

宇野がうらめしそうに言う。

「もう、わしのことなんかおぼえておらんと思ったのさ」

「おぼえてるさ。あんなこと一生忘れられないよ」

みんなが、「そうだ、そうだ」と言った。

「最近君らは、一日一善運動とかいうものをやっとるそうだな。ずいぶん変わったじゃないか。それとも先生にやらされとるのか？」

「自発的にだよ」

「相原の考えです」

英治は天使ゲームのあらましを瀬川に説明した。

「そうか、そうだったのか。それなら話がわかる」

瀬川は、いかにもおかしそうに笑いながらうなずいた。

「これから、またおとなたちとやり合おうと思ってるんですが、そこでもう一度おじいさんの力を借りたいんです」

英治が言ったが、みんなはなんのことかわけのわからない顔をしている。

「わしで役に立つことが何かあるのか？」

「あります。ぼくらはこんどの敬老の日に老稚園《ろうちえん》を開くことにしました」

「ローチエン？」

「くわしいことは、相原説明してくれよ」

相原の説明を聞き終った瀬川は、

「わしに、園児になれというんだな」

と言った。

「ええ」

「それは承知した。しかし、それだけじゃないだろう？」

瀬川は英治の顔を見つめた。

「実は、開園したら、きっとただではすまないと思います」

「そいつらと戦争するつもりなのか？」

「はい」

「相手がそういう連中だとすると、前みたいなわけにはいかないぞ」

瀬川は、腕組みしたまま考えこんでしまった。

「敵はまず、園児をゼロにして経営を成り立たせなくしようとしました。けれど、老稚園を開園すれば、きっとマスコミの話題になって、入りたいという人も来ると思いますから、この計画は失敗です」

「うむ。しかし、それで諦《あきら》めるような奴《やつ》じゃない」

「それはわかってます。もう幼稚園の隣のアパートを買い取って、住んでる人の追い立てにかかっています」

「いま残っているのは何人だ？」

「おばあさんが一人です」

「一人か……」

「もしおばあさんを追い出したら、敵はすぐアパートを取りこわしてしまうだろうと思います」

英治は一息ついた。

「いやがらせをしては、一人ずつ追い出したんだろう。そういう連中を地上げ屋というんだが、よくやる手だ。それで、いまアパートはどうなっている？」

「ヤクザが四人寝泊まりしています。一階に二人、二階に二人」

「それで、君らの計画を聞こうじゃないか」

「まず、四人のヤクザをアパートから追い出します」

「どうやって？」

瀬川は、英治の顔を唖然《あぜん》とした顔で見つめた。

「もちろん、相手がヤクザですから力で追い出すことは無理なことはわかっています。そこで考えたのが幽霊作戦です」

「まさか、わしに幽霊になれと言うんじゃないだろうな」

「ちがいます。あの連中、日曜日になると競馬に出かけて、アパートが空《から》になることがわかってるんです。その間に、あのアパートを幽霊屋敷に改造するんです」

「幽霊屋敷か……」

瀬川は何度もうなずいてから、

「それだけでは出て行かんぞ」

と言った。

「そこでおじいさんの力が必要になるのです」

全員の目が英治に集中した。

「まず、いろんな仕掛けで、四人の神経をずたずたにしてやります」

谷本が自信ありげにうなずいた。

「たとえば……？」

「夜中に、別の部屋のドアがあく、二階を歩く足音が聞こえる。朝起きると、壁にべったりと血痕《けっこん》がついている……。そのほかいっぱいあります」

「いや」

純子がぞおっとした顔になった。

「それで……？」

「この家には、何かの霊がついていると言いふらすのです。だから、その霊を祓《はら》わないと、住んでいる人間に取《と》り憑《つ》く。そして、きっと命を落とすことになる。そうすると、どうすればいいかということになります。その霊を祓うには霊能師を呼ばなければならない。その霊能師がおじいさんなのです」

「なるほど、そういうことか。しかし、わしはそういう世界のことは何も知らんぞ」

「そんなことは知らなくても結構です。とにかく行者《ぎょうじゃ》のかっこうをして、やあとかおうとかどなりながら、火を焚《た》くんです」

「火の中に臭いものを投げこむのもいいぜ。にんにくとか古い靴《くつ》とかさ」

日比野が言った。

「そうだ。奴《やつ》らに生きてる蛙《かえる》を食わせるなんてどうだ」

天野が言う。

「蛙よりゴキブリの丸焼きがいいよ」

日比野は、自分で言いながら顔をしかめている。

「そうして、こう言ってもらえればいいんです。この行《ぎょう》は三、七、二十一日つづけなければならないから、その間人は一切近づけてはならない」

「おばあさんはどうするの？」

佐織が英治に聞いた。

「その間、おばあさんは君んちにいてもらえばいい」

「それからどうするんだ？」

「行をやってる間に、駅や公園に行ってホームレスを集めます。ただで泊めてやるからって」

「そんな連中を入れたら、敵は文句を言うだろう」

「同じ行者だと言えばいいんです。熊野《くまの》で十年滝に打たれて、いま帰って来たところだと言えば、汚くても信用しますよ。ついでに祈禱料《きとうりょう》もうんとふんだくってください」

「わかった。やろう」

瀬川は力強い声で言ってくれた。

「これで、お祓いをしている二十一日間の時間が稼《かせ》げます。その間に老稚園《ろうちえん》の基礎を固めちゃうんです」

「そううまくいけばいいが、とにかくやろう」

そう言ってから瀬川は急に真顔《まがお》になって、

「ついこの間、君の学校の生徒が殺されただろう。あれはどうなった？」

「まだ犯人がつかまらないんです」

英治が言うと、みんな急にしゅんとなった。

「殺された子はいい子だったそうじゃないか？」

「そうです。だから口惜《くや》しいんです」

ひとみは、言うと同時に目いっぱいに涙があふれた。

「君たちは、犯人捜しは警察に任せておくつもりか？」

「とんでもない。ほんとうは、ぼくらで犯人を見つけたいんです。だけど時間はないし、実のところ、どうやっていいかわからないんです」

相原も口惜しそうに唇を噛《か》んだ。

「捜査に行きづまったら現場に戻《もど》れと言われている。君たちは毎日現場にいるんだ。もう一度、いや二度でも三度でも、くわしく現場を見てみるんだ。屋上と、それから死体が落とされた場所、工事中の鉄パイプ。非常階段。警察も何か見落としているものがあるかもしれない」

「そうだな」

中尾がうなずいた。

「それから、夏休み中の彼女の行動をもっとくわしく調べるんだ。何月何日に、どこへ行って、何をしたかということまで。どこでもいい、聞いてまわれ。君たちなら、警察に言わないことでもおしえてくれる。そして、聞いたことは全部記録しろ。どんなつまらないことでもいい。それをよく検討すれば、何かがわかるかもしれない」

瀬川の言うことは、いつも説得力がある。それが、なぜだかわからないが、みんな知らずに真剣な顔で聞き入ってしまった。

「あんな子を殺したうえ、自殺に偽装するなんて許せない男だ。こういう男は、そのあたりでつっぱっているチンピラではない」

「どうして、チンピラじゃないとわかるんですか？」

相原が聞いた。

「手口さ。偽装自殺に見せるあたりは知能犯的だ」

「知能犯にしては、自殺がすぐばれちゃったじゃないですか？」

「不思議に、ああいう連中はそういうミスをやる。つまり考え過ぎなんだ。完全犯罪なんて所詮《しょせん》無理さ」

「でも、つかまらないのもけっこうありますよ」

「それは通り魔みたいな動機のない殺人だ。しかし、こんどのはれっきとした動機がある。彼女が産むと言ったから殺す気になったのだ」

「卑怯《ひきょう》な野郎《やろう》だな」

「そうだ。もし彼女が子どもを産んだら、社会的に破滅するような社会的地位のある男にちがいない。だから殺したんだ。いまごろどんな思いでいるかな」

「先輩、きっとカタキは討ってあげるよ」

ひとみは言ったとたん泣き出した。

4　幽霊アパート

1

「もう一度現場に行ってみるか」

花井《はない》が言った。

「そうですね。現場百ぺんですか」

このくらいのことは遠山《とおやま》も知っているようだ。

「犯人は、被害者を失神させただけで、屋上まで運び、落として自殺を偽装している。こういう小細工《こざいく》をきかせる奴《やつ》は、普通の生活をしている人間だ」

「しかし、なぜこんな面倒なことをしたのでしょうか。被害者はマンションに住んでいるんですから、そこで突き落とせば自殺で通ったんじゃないですか」

「自分のマンションでは両親もいることだし。それに夜つれ出すことは不可能だろう」

「荒川《あらかわ》の河川敷《かせんしき》でやるのは？」

「あそこは、いまごろの季節だとけっこう人が出ているだろう。それに被害者はスイミングスクールのアシスタントをしているんだから、水死させるというわけにはいかん」

「それにしても、学校というのがどうもひっかかるんです」

「たしかに、らくな死体処理ではないが、自殺の偽装という点で考えれば、それほど不自然な場所ではないぜ。あそこなら人通りもないし、このあたりじゃ、格好の場所じゃないかな」

「遠くへつれて行くというのは、アリバイの問題もあるし、自殺としては不自然ですが」

「いや、自殺と見せかけるなら、遠い方がいいだろうが、問題は犯人のアリバイだと思うよ。こいつは、そんなに長い間家をあけられないのかもしれない」

きょうは雲が多くて陽《ひ》は射さないが、それだけ蒸し暑い。

「捜査会議でも問題になりましたが、被害者の行動です。九月一日は始業式で、その前日八月三十一日に親友の水原《みずはら》に、妊娠したかもしれないと打ち明けています。五日は、学校を出たのが午後三時。その後の被害者の行動をだれも知りません」

「そのまま家に直行したことは、かばんがあるからまちがいないとして、家には父親も母親もいないから被害者一人だ」

「そこで犯人に会ったか、それとも電話かはわかりませんが、妊娠のことを話したのは事実でしょう」

「妊娠のことを打ち明けたのはもっと以前だ。おそらく八月の終りか、九月一日か……。犯人はもちろん中絶しろと言ったはずだ」

「でしょうね。中学三年の女の子に子どもを産めという者はいませんからね」

「ところが被害者はどうしても子どもを産むと言う。男は慌《あわ》てる。冷静に話し合おうと言う」

中学三年の女の子に妊娠させてしまって、どうしても産むのだと言い張られたら、男はいったいどういう行動に出るだろう。まず必死に説得する。それでも言うことをきかなかったら……。

花井は、自分がもしその立場だったら、とんでもないことをやらかしそうな気がしてきた。

「五日、いったん家に帰った被害者は、おそらく男の電話で呼び出されたのでしょう」

「そのときに目撃者がいたはずだ。それをもっと徹底的にあたるんだ」

「被害者の死亡推定時間は午後九時から午前一時までです。そうしますと、少なくとも午後九時までどこかに監禁されていたはずです」

「母親が帰宅したのが午後五時だから、それより前に家を出たのは事実だ。約四時間から七時間か……」

「それまでずっと、犯人がつきっきりとは思えませんが……」

「それもそうだが、監禁場所だ。この近くでそんな都合のいいところがあるかな」

「暗くなってからなら、あの武道館は大丈夫です」

「武道館か……。いまは使用していないし、生徒が帰ってしまったあとなら、入れないことはないいな」

「そうですよ」

遠山は意気ごんで答えた。

「武道館の真ん中にころがしておくのか？」

「いいえ、あそこは剣道場と柔道場に分かれていて、トイレも更衣室もあります」

遠山の言うことは一理ある。案外、ここが監禁場所かもしれない。ここなら警備員もまわって来ないし、何よりも現場に近い。

「学校をえらんだのは、そういう理由かもしれんな」

花井は口の中でつぶやいたので、遠山には聞こえなかったようだ。

夢中で話しているうちに、いつの間にか中学校の前に来ていた。

校門を入ったが校庭に人影はない。おそらく授業中なのだろう。

花井と遠山は、事件がある前から入館禁止の武道館に行ってみた。あいかわらず鉄パイプで建物全体はおおわれているが、あたりに人影もない。

「中学の校門は午後五時に閉まったと言っていたな」

「そうです。しかし、まさかその前に校門から入って来ることはないでしょう」

「それはそうだ。校庭の周囲はフェンスになっているが、これは低いから簡単に乗り越えられる」

花井はフェンスにさわって揺すってみた。まだ作ってから間もないと見えて、押してもさほどぐらつかない。

武道館は本館の隣で校庭の東隅《ひがしすみ》にあたるが、そのあたりは、けやきやくすの大木が生《お》い繁《しげ》り、武道館の屋根にかぶさるような形になっている。

「これだと、夜はかなり暗いな」

「しかも、このあたりはブロック塀《べい》ですから外から中はのぞけません」

最初は全部ブロック塀だったのだが、地震で倒れると危険だということで、金網のフェンスにしたのだそうだ。

まだ工事中で、校庭の三割くらいブロック塀が残っている。

武道館には正面に立派な玄関があるが、ここのドアは押しても開かない。裏にまわると鉄のドアがついている。ここは、ノブをまわしただけで開いてしまった。一度現場検証したところだが、そのまま鍵《かぎ》をかけるのを忘れてしまったらしい。

「別にドアから入らなくても、窓があちこち割れているので、入る気ならなんでもありません」

遠山が言うように、武道館の正面の窓はまともだが、裏側はざっと見ただけで、五、六か所割れている。

「ここは、つっぱり連中の溜《たま》り場《ば》になってたかもしれませんよ」

ドアをあけて中に入ると、思ったより中はきれいだった。そういえば、生活指導主任の古屋《ふるや》が、毎日掃除《そうじ》だけはさせていると言っていた。

その掃除も、事件以来現場保存のためさせないことにしているので、うっすらとほこりが積もっていて、歩くと床に足跡がつく。

武道館は正面に通しの廊下があり、右半分が柔道場、左半分が剣道場になっている。

剣道場側の端にトイレ、柔道場側の端に更衣室がある。

更衣室にもドアはあるが、そこは鍵《かぎ》がかかるようになっていない。

中はがらんどうで、周囲に四段の棚《たな》がある。ちょうど温泉旅館の風呂《ふろ》についている更衣室みたいな感じだ。

ちがうのは棚に番号が書いてあることだ。おそらく、自分の番号のところに自分の服を脱いで、柔道着か剣道着に取り替えるのであろう。

被害者をしばり、さるぐつわもかませてここへころがしておいたならば、声が外に洩《も》れることはないだろう。

たとえ、少しくらい声が洩れたとしても、警備員がこの周囲をまわることはめったにないと言っていた。

犯人は、ここで被害者を鈍器ようのものでなぐって失神させ、寝袋か何かに入れて運び出す。

そしてロープで屋上に引き揚げて落とす。

たしかに、こう考えると犯行の成立に不自然さはない。

ただ、暗くなってからこんなところで逢引《あいび》きするような仲は、もっと親しいものでなければならない。

被害者と加害者の仲が、そのようなものであったとは考えにくい。

だとすれば、どうやって学校の敷地内へ入ったのか。

そこのところが、どうも花井にはわからないのだ。

「おや、あれはなんだ？」

遠山は棚《たな》の下にもぐりこんで、何か持って出て来ると花井に見せた。

なんでもないシャツの白いボタンである。

遠山はがっかりした声を出した。更衣室にボタンの一つや二つ、落ちていたって不思議ではない。

遠山はボタンを捨てようとした。

「ちょっと待ってくれ」

花井は遠山からボタンを受け取ってポケットにしまった。

「どうするんですか？」

「調べてみるんだよ。このボタンが生徒のものか、そうでないか……」

「そんなことがわかるんですか？」

「中学生は同じシャツを着なけりゃいかんから、ボタンも全員同じだ。もしちがうボタンだったら、中学生以外の者が入室したということが考えられる」

これがもし犯人のものであったとしたら、あとで有力な物証《ぶっしょう》になる。

これまで花井は、絶対犯人だと追いつめながら、物証がないために、みすみす取り逃がした事件がいくつかある。

そのためか、どんなつまらぬものでも拾い集めておく習癖《しゅうへき》ができてしまっている。

武道館には、それ以外何も見つからなかった。

「どうだ。登ってみるか」

「ボタンか……」

花井は屋上を見上げて言った。

「登るなら私が登ります。こう見えても、私は大学時代山岳部に籍を置いたことがありますから、あの屋上くらいならなんでもありませんよ」

遠山は意外な能力のあることを見せつけた。

「いや、おれが登ってみたいんだ」

「失礼ですが花井さんでは無理です」

「そんなに難しいか？」

「難しくはありません。しかし、だれでもというわけにはいかないでしょう。まして夜ですから」

そうだ。花井は夜だということを忘れていた。

「山登りとか、いつもスポーツをやっている人間なら簡単ですが、花井さんは……」

「おれにできることは柔道、剣道、それに歩くことだ」

「私が登りますから、そこで見ていてください」

遠山はそう言うが早いか、靴《くつ》と靴下を脱いで、パイプを器用に登り出した。

登りきって、本館の非常階段にも簡単に飛び移り、またたく間に屋上に出てしまった。

「ちょっと待て、おれもそこへ行く」

花井は校舎に入り、教頭に会って屋上に出るドアの鍵《かぎ》を借りた。屋上には、一応生徒は上がることを禁止されているので、いつもドアに鍵がかかっている。

花井は、階段を四階まで登るだけで息をはずませた。ドアをあけて屋上へ出ると、遠山が向こうの端で手を振っている。

「花井さん、息が切れてるじゃないですか？　年ですねえ」

「おれだって、それほど体力がないわけじゃない。それが夜、あの鉄パイプを登るとは、かなりの若さがないとできんな？」

「若さだけではだめです。登ることにある程度馴《な》れていないと」

「犯人は、案外鉄パイプを登らなかったかもしれんな」

花井は、ふとそう思った。

「ということは、ドアの合鍵《あいかぎ》を持っているということですよ」

「それでは、ここの教師か警備員か……。いや、それはないだろう」

「ないとは断言できないでしょう」

花井は、遠山と並んで、下を見下した。

下から見るとそれほどでもないが、見下すと目がくらみそうだ。

夜だから見えないとはいえ、まだ生きている人間を、ここから下へ投げ捨てたのだ。

花井は、あらためて憤《いきどお》りをおぼえた。

「どういう理由があるにせよ、許せん野郎だ」

もしこれが自分の娘の玲子《れいこ》だったら、犯人を見つけたら、自分で始末をつけてやる。

屋上は、これまでに何度も捜しまわったところだ。いまさら二人が歩いてみても、目ぼしいものの見つかるわけはなかった。

「結局、収穫はボタン一つですか」

「それでも、ないよりはましだ」

これがはたして収穫と言えるかどうか。

「たとえ四十二キロとはいえ、ここまで上げるには相当な力がいるだろう」

花井は、もう一度下をのぞいて言った。

「腕の力だけで持ち上げるなら相当な力です。当然、この縁にロープを引っかけて持ち上げたのでしょうが、ここにこすれたあとがありません。というのは何かクッションを置いたのでしょう」

遠山は、その原理を簡単に説明した。

けやきの大木も、ここから見るとさすがに下の方に見える。

「こういう殺しをやる奴《やつ》は変質者ですよ。そっちも洗った方がいいんじゃないですか？」

「まともな神経じゃとてもできんよな」

2

老稚園《ろうちえん》の園児募集は、子どもたちの手製のダイレクトメールを郵便受けに投げこんだだけなのに、十人以上の申し込み者があった。

これで敬老の日に開園の新聞記事が出たら、いったい何人集まるだろうか。

「大体、何人まで入れられるんだ？」

英治《えいじ》は佐織《さおり》に聞いた。

「子どもだと、多いときには百人以上いたらしいけど、老人は手間がかかるから、五十人が限度だなって父さんが言ってたよ」

「五十人くらい、あっという間に集まっちゃうぜ、そうしたら入園試験をやるのか？」

「そうね、多過ぎたら何か試験しないとね」

「だけど、学科試験はかわいそうだぜ」

「学科試験だってさ、いちばんできねえのを入れればいいんだよ」

安永《やすなが》が言った。

「それはいい案だ。それから、こういうのもいいな。いちばん迷惑かけそうなの。八《や》木《ぎ》双葉《ふたば》んちのおばあさんなんかいいんじゃないか。トイレとバスルームをまちがえたり、私は殺されるって言ってまわったり……」

相原《あいはら》に褒《ほ》められて安永もまんざらではない顔をしている。

「双葉さんのおばあちゃん、どうしても入れてほしいって言ってきたよ。もし応募者が多かったら、裏口で入れてくれって」

「裏口入学ってのは聞いたことあるけど、裏口入園ってのを聞いたのははじめてだぜ」

日比野《ひびの》は、いまにも転げそうになりながら笑った。

「有名幼稚園の裏口なんてざらよ」

久美子《くみこ》が言った。

「それでさ、老稚園《ろうちえん》やるってこと、奴《やつ》らまだ気がついてねえのか？」

天野《あまの》が聞いた。

「気がついたわよ。すぐ電話してきたよ」

「なんて言ってきた？」

英治は佐織の表情が急にこわばったのが気になった。

「どうしても、敬老の日に開園するのかって。だから父さんがそうだって答えると、お前の娘も中学の屋上から身を投げないように、注意した方がいいよだって」

「なんだって……？」

みんなの視線が佐織に集まった。

「そんなの、ただのいやがらせにきまってるじゃん」

佐織は、なにも気にしないというふうをみんなに見せようとしたが、唇《くちびる》のはしがふるえている。

「園長、なんて答えた？」

中尾《なかお》が聞いた。

「やると決めたことは、どんなことがあってもやりますって答えたよ」

「かっこいい」

みんなが拍手した。

「電話はいつあった？」

中尾は拍手には加わらずに聞いた。

「きのう」

「水曜日か。月曜日の敬老の日まできょうを入れてあと五日あるな」

「もしかすると、おれのときみたいに、佐織を誘拐《ゆうかい》するかもしれねえぞ」

柿沼が言った。

「それは考えられる。誘拐しといて、もし老稚園をはじめれば、娘の命はないぞというのが手だ」

相原も真剣な顔になった。

「とにかく、老稚園が開園したことが新聞にでかでかと出ちゃったら、奴《やつ》らも手出しはできまいと思うんだ。問題はあと五日だがその間に何かきっとやってくる」

中尾は断言するように言った。

「やってくるのは、隣のアパートの奴か？」

「あいつたちなら顔知ってるもん、やられないよ」

佐織は深刻な表情で聞く柿沼に、気の強いというところを見せた。

「奴らは見張りさ。実際にやるのは別の奴だと思うな」

相原も真剣な顔をしている。

「そうなると、きょうの帰りが危険だよ。いつもどういうスケジュールになっている？」

久美子が聞いた。

「部活《ぶかつ》終って帰るのが六時、それから晩ご飯を食べて相原君とこの塾へ」

「うちへ来るのは、しばらく見合わせた方がいい。その行き帰りがいちばん危険だ」

相原が言った。

「やだよ。そんなことしたら、みんなと会えなくなっちゃうじゃん」

「五日間だけさ」

「いや、そうとも限らないかもしれねえぜ。老稚園をはじめてからだって、やらないとは限らない」

英治が言うと中尾が、

「そうか、そういうこともたしかに考えられるな」

「それじゃ、いつまでたっても相原君のところへ行けないじゃん」

佐織はふくれた。

「しかし、命がかかってるんだからな」

相原もすっかり考えこんでいる。

「向こうからやられるより、こっちから先にやればいいじゃんか」

谷本《たにもと》が言った。

「どうやって?」

英治が聞く。

「幽霊作戦を日曜日からでなく、こんやからはじめるのさ」

「こんや? あそこにヤクザがいるんだぜ」

「そうは言うけど、いなくなる時間だってあるだろう?」

「あるよ」

佐織が言った。

「あいつら、自分たちで夕食をつくるときは大抵《たいてい》女が来るとき。女が来ないと二人で近くの食堂に食べに行くよ」

「女はいつ来るんだ？」

相原の目が光った。

「月、水、金」

「じゃあ、木曜のきょうは来ねえから、食堂に食いに行くな。大体どのくらいで帰って来る？」

「一時間くらい」

「出かける時間は何時だ？」

「七時から八時くらい」

「そのとき、二階の二人はいないんだろう？」

「あいつらは、六時になると家を出て行くよ」

「そうすると、こんやの七時から八時の間、あのアパートは空《から》っぽになるってわけだ」

相原の声がはずんだ。

「その間に、できるだけのことはやろう」

谷本は冷静である。

「出かけるのはだれとだれにする？」

英治が聞いた。

「あんまりたくさんだと目立つからな、お前と相原と安永と、いちばん小さい宇野《うの》がいい」

「おれは？」

日比野がふくれた。

「お前は重過ぎで、ふくれ過ぎ、それじゃ、天井裏や床下にもぐれねえよ」

「私たちは？」

久美子が言った。

「君たちは、幽霊の泣き声をカセットテープに録音しといてほしいんだ」

「幽霊の泣き声？　幽霊って、どんな声出して泣くの？」

「知らねえよ。適当にやってみろよ」

「うおーん、うえーん」

「だめだよ、そんな派手にやっちゃ。それじゃ明る過ぎ。幽霊は暗くやんなくっちゃ。こんどは佐織やってみな」

「くすん、くすん」

「まるで笑ってるみたいじゃんか。二人とも×。そうだひとみにしよう。ひとみに片《かた》岡《おか》先輩の話をすれば、きっと泣き出す。それをテープに録るんだ」

「そうだね。やっぱり私たちに演技はできないよ」

「おれたちは七時におばあさんとこへ行くから、そのときまでに、テープ持って来てくれよ」

「わかった。まかしといて」

3

午後七時、英治、谷本、相原、宇野、安永の五人は、永楽荘《えいらくそう》アパートの石坂《いしざか》さよの家に集まった。

ちょうど同じ時間に、久美子と佐織がやって来て、谷本にテープをわたした。

「こんどは自信あるか？」

「ある。このテープ聞いたら、全身の毛が立つほど怖《こわ》いよ」

「よし。じゃあ信用しよう。連中は出たか？」

「いま、アパートを出たところ」

佐織が言った。

「そいつらの食いに行くところって、わかってるんだろう」

「うん。ここから歩いて六、七分ってところかな。タラフク食堂っていうの」

「日比野が聞いたら腹が鳴るぜ。そいつらが食堂から出るのを見張れるようなところないか?」

「あるよ。近くに喫茶店が。奴《やつ》らは、食堂を出ると、その前の『ボル』って喫茶店で三十分くらいねばるんだよ」

「それじゃ、こうしてくれないかな。まず、二人でその喫茶店に入って、奴らが『ボル』を出るまで見張る、出たらこのポケットベルを押してくれないか」

谷本は久美子にポケットベルをわたした。

「そうすりゃ、帰るまでに六、七分あるから引き揚げるのに十分な時間がある」

「OK、じゃあ行くよ」

佐織と久美子が出て行った。

「まず最初に、奴らがいる一号室のドアをあけなくちゃならんな。どうせこんなおんぼろアパートだから、鍵《かぎ》だって大したことないだろう」

谷本はぶつぶつ言いながら暗い廊下を進む。四人があとにつづく。歩くたびに、ぎしぎしという音がした。

これでは、這《は》ってでも行く以外すぐばれてしまう。

一号室の前にやって来た谷本は、ためしにノブをまわしてみた。すると、簡単にドアがあいた。

「あいつら鍵《かぎ》もかけねえんでやんの、不用心だな」

「こんなところに泥棒《どろぼう》が入るかよ」

安永が言うと、みんなおかしくなって笑った。

部屋は1Kで、六帖間《じょうま》に小さな流しとガス台がある。さよの部屋と造りは同じだ。部屋は畳敷《たたみじ》きだが、ずいぶん古びて、破れ目がところどころにあって、歩くと足が沈むようだ。

シングルベッドが一つ。それにテレビ、整理ダンス。それだけで、洋服類やシャツは壁にところきらわずぶら下がっている。

人が一人やっと通れそうなキッチンには、一応冷蔵庫があるが、中にはほとんど缶ビールがつまっているだけ。そのほかにはインスタントラーメンみたいなものがいくつかある。

キッチンの奥がトイレになっており、隣がシャワールームでその中に汚れた洗濯物が山積みしてある。電気洗濯機がないので、この流しで洗うのだろう。

部屋全体に、汗と油のまじったような異様なにおいが漂っている。

「ここじゃ、一人しか寝られないじゃんか」

相原が、部屋をひとわたり見まわして言った。

「もう一人の奴《やつ》は、きっと隣の部屋で寝るんだろう。安永、ちょっと見てきてくれないか」

谷本に言われて安永が部屋を出て行った。

「宇野、押入れをあけてくれ。天井の隅《すみ》にはずれる板があるはずだ」

宇野が押入れをあける。中にはがらくたが押し込んであるだけだ。

押入れに入った宇野は、しばらくして、

「あったぞ」と言った。

「懐中電灯持ってるだろう。そこから天井裏に上がってくれ」

「天井裏か……」

宇野はぞっとしない声で言った。

「相原、おばあさんの部屋に戻《もど》って、押入れの天井裏の板をはずして、懐中電灯で合図してくれ」

「よし、わかった」

相原が部屋を出ると廊下を走る音が聞こえた。

「いいか宇野、向こうに懐中電灯が見えたら、この電線を持って進め。ただし、板の上に乗るなよ。破れて落ちるからな」

谷本は、天井裏の宇野にコードをわたした。

「見えたぞ」

間もなく、宇野の声が天井裏でした。

「二号室はダブルベッドだった。ロッカーもあって、女の服がかかってたぞ」

「よし、ほかの部屋も全部調べてくれ」

「わかった」

また安永が出て行く。

「おれは何をするんだ？」

英治が聞いた。

「お前は床下にもぐってもらうのさ。どこか、床の上がるところを捜してくれ」

床下と聞いて英治はぞっとした。そこにはゴキブリやネズミもいるだろう。

しかし、いまさら、いやとは言えない。キッチンの床下をいろいろ動かしていると、やっと流しの下の物入れの板がはずれることを発見した。

暗い闇《やみ》の中から湿った、いやなにおいが立ち昇ってくる。

「見つかったぞ」

谷本の方を見ると、谷本は電話に何か細工《さいく》している。

「そうだ。これで、向こうの計画はこっちに筒抜けだ」

電話を終えると、こんどはテレビのコードに何か細工をしはじめた。

谷本が、いったい何をしようとしているのか、英治には全然わからない。

相原と宇野が戻《もど》ってきた。

「ひでえ顔だろう。これでも拭《ふ》いたんだぜ」

英治は、笑ってはいけないと思いながら笑ってしまった。

「菊地、これをその穴から床下にまいてくれ」

谷本は布製のボストンバッグから何か出して英治に手わたした。

床下をのぞきこんでいた英治は、手わたされた短い棒のようなものが何かわからなかったが、よく見ると人間の骨だった。

「ぎゃっ」

思わず骨を床に落とした。

「おどろくな。これはうまくできたコピーだ」

谷本は、つぎつぎと骨のかけらをわたす。半分に割れた頭蓋骨《ずがいこつ》を見たときは、さすがに手がふるえた。

「いいか、中に入って、それに適当に土をかぶせてくれ」

「盗聴器か？」

谷本は、事務的に言うが、英治の方は息をつめるようにして床下に入った。

くもの巣が顔にまつわりつく。手で土を掘る。思ったよりやわらかいが、手に何か虫が触れた。ミミズだろうか、それともムカデか。

「一応、骨が見えなくなるようにしてくれよ」

谷本は非情だ。

「わかったよ」

英治は、なんとか骨が見えなくなるまで土をかぶせた。

「終ったぞ」

声がかすれた。

「OK。じゃあ、出て来てくれ」

英治は、床板を元どおりにしてから、手と足についた土を流しで洗った。

「この骨をいったいどうするんだ？」

「これは、ここで死んだか殺された人間だ。その霊が、この部屋に住む者に取《と》り憑《つ》いて命を奪うんだ。これを瀬川《せがわ》のおじいさんに言ってもらうのさ」

「さんざん幽霊で脅《おど》したあとに骨が出れば、効果は抜群だな」

「絶対逃げ出すよ。ところで時間はどのくらいたった？」

谷本が聞いた。

「四十分経《た》った」

「じゃあ急がなくちゃ」

谷本は一人で部屋のあちこちに細工《さいく》したあと、トイレに入って、しばらくすると出て来た。これだけはだれも手つだうわけにはいかない。

「時間がないから下はこのくらいだ。次は二階へ行こう」

「おれが案内する」

安永が言った。

「どの部屋も鍵《かぎ》はかかってねえ」

谷本は歩きながら、各部屋のドアをあけて中をのぞきこむ。

二階の廊下も、やはり歩くたびにきしんだ。

「この音を聞かせりゃいいんだ」

谷本は十二号室の前まで来ると、テープレコーダーをそこに置いた。

「安永、向こうからゆっくりと歩いて来てくれ。足音をしのばせるといった感じで」

安永が言われたとおり歩いて来る。

「OK」

谷本は満足そうにうなずくと、十二号室のドアをあけた。

ここの部屋は布団《ふとん》が二つ敷きっぱなしになっている。ほかにはテレビと洋服ダンス。

小さなテーブルが一つ。キッチンの冷蔵庫にはやはり缶ビールが一ダースほど入っている。ほかにインスタント食品が少々。

谷本は、部屋の隅《すみ》の見えないところに、小型のマイクとスピーカーをつけ、テレビのコードにも細工した。

谷本はボストンバッグから小さな紙袋を出して、片一方の布団に突っこむと、中味を出して空袋をバッグにしまった。

「何を入れたんだ」

「アリだよ。砂糖も一緒に入れておいた。お前が公園のベンチでつかった手を思い出したのさ」

英治は思わず笑い出してしまった。

「もうそろそろ一時間になるぞ」

相原が時計を見て言った。

「じゃあ帰って、こんやは様子を見よう」

五人が階段を降りると、谷本のポケットでベルが鳴った。

4

銀の鈴幼稚園に七人のほか中尾、日比野、立石、小黒、天野、ひとみ、それに園長と石坂さよの八人、計十五人が集まった。

二人のヤクザがビールの缶をあけて、グラスに注いでいるらしい音がする。

『おれたち、こんなことをいつまでつづけりゃいいんすか、主任』

男の声がした。

「こんどのマイクは性能がいいから、声がよく拾えるだろう」

谷本は満足そうな顔をしている。

『飽きたのか？』

『飽きますよ。主任は女が来るからいいけど、おれはいつも一人ぼっち、そのうえ派手に声を出されたんじゃ、欲求不満でどうかなりそうすよ』

『人間、若いときは辛抱《しんぼう》が大切だ。おれだって、何年もそういう修業をやってきたんだ』

「ヤクザがお説教してるぜ」

「それより、主任って言ってるぜ。おれんちのおやじも主任だけど、あいつら会社員か？」

　天野が不思議そうな顔で言う。

「最近のヤクザは、むかしみたいに、兄貴なんて言わねえんだよ。商事会社みたいな看板かけてるんだって」

　相原が説明したのでようやく納得できたが、でも、なんとなくおかしい。

『隣じゃ、おれたちのことすっかりなめてるようですぜ。これでいいんですかい？』

『何もすんなって命令だからしかたねえ。お前はいろいろと文句が多過ぎるぞ。おれたちは、えらいさんの命令どおり動きゃいいんだ。よくてもわるくても、命令は絶対だ。それが組織ってもんだ』

　こんどは相原がくすっと笑った。

　電話のベルの鳴る音がした。

『定次《さだじ》か？』

　ドスのきいた男の声だ。

『そうです。部長ですか？』

　主任の男が言った。定次という名前らしい。

『光雄《みつお》もいるか？』

『おります』

もう一人は光雄というのだ。

『やるのはあしただ』

十五人が顔を見合わせた。

『いよいよですか』

『どじるなよ』

『大丈夫、任してください』

『向こうは、娘の命をもらうと言われたから警戒しとるはずだ。あしたあたりは、どこかに隠すかもしれんぞ』

『きょうも学校に行ってますから、あしたも行くはずです。帰り道で、車に引きずりこみます』

『ばかやろう。人通りのあるところでそんな無茶ができるか。ここはアメリカじゃねえんだぞ』

『すみません。じゃあ、どうしましょう？』

『いいか、娘の学校の帰り、なんとか理由をつけて娘をつれだすんだよ』

『どうやって……』

『おめえも頭のわるい野郎だな。その辺の中学にも番張ってるガキがいるだろう？』

『おります』

『そいつらに言って、学校の帰りに娘を荒川《あらかわ》の土堤《どて》にでも引っ張りだすんだ』

『なるほど、それなら簡単です』

『そこへおめえが車で通りかかり、チンピラどもをなぐり倒す』

『むかしからある例の手ですね。そこでおれは正義のナイトになって、娘に危なかったね、おうちはどこ？　と聞く。娘は幼稚園と言う。おれは、じゃあ送りましょうと車に乗せる』

『そうだ。そこまでは手順どおりいくだろう。それからだ』

『どこにつれて行けばいいんで？』

『夜になるまで、家では誘拐《ゆうかい》されたことは気づかんだろうから、一応さるぐつわだけして、寝袋に入れ、おめえのいるアパートに置いておけ』

『ここにですか？』

『灯台《とうだい》もと暗しというだろう。そこなら部屋はいくつもあるから、どこかに放りこんでおけば気がつくまい。二号室でいい』

『それはいいですが、長いこと置いとくと、ポリ公が捜しに来るかもしれませんぜ』

『わかっとる。そこに置いとくのは八時半までだ。八時半になったら、おれがつれて行く』

『そのあとはどこへつれて行くんですかい？』

『生かしておいたら、あとあとのためによくねえから、遠くへ持って行って埋めちまうさ』

「埋めちゃうんだって」

久美子と佐織が顔を見合わせた。

『さすが、部長は頭のできがちがいますね。感心しました』

『そんなことはどうでもいいから、言われたとおりやれ』

定次が『わかりました』と言ったときには、もう電話は切れていた。

定次は部長の電話の内容を光雄に説明した。

「よかったね。電話に盗聴器つけといて。聞いてなかったら危なかったかもよ」

久美子が言った。

「さて、どうするかな」

相原はみんなの顔を見わたした。

「佐織をあしたの帰りに守る方法はいくらでも考えられるけれど、そうすれば向こうはまた別の手を考えてくる。だから、一応素直に誘拐《ゆうかい》された方がいいんじゃないか」

中尾が言った。

「ええッ」

佐織は顔色を変えた。

「お前、簡単に言うじゃんか。へたすりゃ親分につれて行かれて埋められちゃうんだぜ」

日比野はいつにない深刻な顔をした。

「サッに言えば、それはできないよ」

「そうか、サツって手があったな」

「だけど、サツを呼んだんじゃつまんねえな。それより、おれたちの手で奴《やつ》らの裏をかいてやろうや。その方がずっと面白いぜ」

谷本が言った。

「そんな手があるのか？」

天野が聞いた。

「まず、隣のアパートへつれて来るだろう。それからきっと二号室に監禁する」

「二号室っていえば、向こうから二つ目の部屋ね」

佐織が言った。

「あいつら、一号室を主にして、二号室もときどきつかってるらしい」

「二号室に入れて、二人で見張っていたら、どうやって佐織を救い出すんだよ」

日比野は、まるでわからないというように首を振った。

「二人を部屋から出せばいいのさ」

「どうやって？」

「お化けさ」

「仕掛けをつくったのか」

英治が聞いた。

「いや、まだだ。しかし、連中は六時前に車でアパートを出て、佐織を誘拐しに行くだろう」

「うん」

「その間アパートが空《から》になるから、そのときつくるんだ。びっくりして部屋から飛び出るような仕掛けを」

「それはいいとしてさ、部屋を出たって、すぐ戻《もど》って来るだろう」

天野は納得《なっとく》いかない顔をしている。

「そりゃ戻って来る。二、三分もすれば」

「その間に佐織を救い出すのは無理だよ。すぐ見つかってつかまっちゃうよ。まして、寝袋から出さなくちゃならないんだろう」

「寝袋に入ってるからいいんだ。奴《やつ》らが部屋を出た瞬間、寝袋の中の佐織を入れ替えるんだ。そうして佐織は押入れから天井裏に上り、おばあさんの部屋に行く」

「佐織の代わりにはだれがなる？」

日比野が聞いた。

「お前だよ」

「ええッ」

日比野は息がつまったような声を出した。

「お前じゃ重過ぎるからだめだ」

「よかった。やっぱり重いこともあるんだな。だけどだれかがなるんだろう？」

日比野は、ほっとして次に心配そうな顔になった。

「中に入れるのに、ちょうどいいのがある」

天野が言った。天野の家の近くにアパートがあるのだが、そこにおばあさんが一人で住んでいた。

ところが突然死んでしまったのだがだれも気づかず、きのう二十日ぶりで管理人が部屋をあけてみて、やっと死んでいることがわかったのだそうだ。

「それをどうするんだ」

相原が聞いた。

「瀬川のおじいさんに頼んで、自分の妻だと引き取ってもらうのさ。それを奴《やつ》らが出かけた隙《すき》に二号室の押入れに入れておき、佐織と入れ替えるんだ」

「グッド。天野、やけに冴《さ》えてるな」

「おれだって、たまには冴えたこと言うさ」

天野は相好《そうごう》をくずした。

「部長の奴佐織だと思って寝袋をどこかへ運ぶ、そうして埋める前に寝袋のチャックをあける。すると中から老婆《ろうば》の死体が出てくる。いったい、いつ若い娘が老婆になり、死体となってしまったのか……」

英治は、そのときの部長の顔を想像するだけでぞくぞくしてくる。

「定次と光雄はしぼられるぜ。『おめえたち、おれをなめるのもいい加減にしろ』そうすると奴らは、『だって部長、あっしたちが入れたのはたしかに娘でしたぜ』『ばか、娘がそんなに急にばばあになるか』『不思議ですねえ』『それはこっちが聞きたいことだ』『これはきっと幽霊ですぜ』『幽霊だと、ふざけたことを言うな』『それがきのう出たんです』」

天野はアナウンスもうまいが、こういう落語調のしゃべりもうまい。緊張していたみんなをすっかりリラックスさせた。

こいつは、きっと将来お笑いタレントになれる。

英治はそう思った。

「ちょっと待って」

それまで黙って聞いていたさよが突然口をはさんだ。

「老婆《ろうば》の死体を寝袋に入れるというのは、ちょっと無理だと思うね」

「どうして？」

天野は、せっかくのプライドを傷つけられたのか、つっかかる口調になった。

「だって考えてみなよ。この暑いのに二十日間も部屋の中に放っておかれたら、とっくに腐って、うじが湧《わ》いてるよ」

「きゃあッ」

久美子と佐織、ひとみが大きい声を出した。

「そうか。それはそうだよなあ」

相原が英治の顔を見た。

「せっかくいいアイディアだと思ったのに」

天野はふくれている。

「寝袋には私が入るわよ」

さよが言った。

「ええッ」

みんなの視線がいっせいにさよに集まった。

「ただし、生きたまま埋められちゃうのはいやだから、私が車に乗せられたことを警察に知らせてほしいね」

「そうか。そうすれば途中検問でつかまえればいいわけだ」

英治は思わず手をたたいた。

「そうだよ。そこでおまわりさんが寝袋の中に何が入っているかと聞く」

「まさか、若い女の子が入っていますとは言えないだろうな」

「だけど、あけないわけにはいかないよ。相手はおまわりさんだからね」

「部長は、しぶしぶ寝袋をあける。すると中から出てきたのがおばあさん。おどろくよ」

佐織は言ったとたん、火がついたように笑い出した。つられてみんなも爆笑した。

「天野君、ポリ公と部長の会話やってよ」

久美子が言った。

「よし」

天野はちょっと首をひねってから、

「『おばあさん、なんだって、この暑いのに、こんなところに入ってるんですか？』これはポリ公。『あたし？　誘拐《ゆうかい》されたのよ、この男に』『ちがう、おれはばばあなんか誘拐しねえ』と部長が言う。『じゃあ、どうしてこんなところにおばあさんが入っているんだ？』『知らねえ、知らねえ』『とぼけるんじゃない。知らねえではすまさんぞ。正直に言うんだ』『正直も何も、このばあさんが勝手に入ってたんだ』『この暑いのに、だれが好き好んでこんな寝袋に入るもんかね』『とにかく署まで来てもらおう』まあこんなとこかな」

天野のおばあさんの口まねは絶品だ。全員が拍手《はくしゅ》を惜しまなかった。

5

「主任」

光雄が言った。

「寝袋ってどこに売ってるんですか？」

「登山道具を売ってる店に行きゃ売ってる」

「いくらぐらいですか？」

「そんなことは知らねえよ、エベレストに登るんじゃねえ。すぐ捨てちゃうんだから、いちばん安いやつを買って来い」

「寝袋に入れて二号室に入れとくでしょう。その間に、ちょっと手をつけてもいいすか？」

「手をつける？　やっちゃおうってのか？」

「どうせ殺しちゃうんだからいいでしょう。主任はいいけど、おれ、このところずっと女に飢えてるんすよ」

「女が欲しかったら、街へ行って買ってこい。あの娘は絶対手をつけちゃいかん」

「そこがわかんねえな。もしかしたら主任がやる気ですかい？」

「お前はここが弱い」

定次は光雄の頭を人差指《ひとさしゆび》でつついた。

「いいか、あの娘を殺して埋めるのは部長だ。おれたちじゃない」

「そうすよ」

「しかし、死体は見つかるかもしれん。そうすりゃ解剖して、娘に手をつけた痕《あと》がわかっちまう。そこで、万一部長がつかまったら、おれたちもつかまる」

「つかまるんですかい？」

「そりゃそうさ。そこまで覚悟しねえでこんな仕事ができるか。そのときただ誘拐《ゆうかい》しただけなのと、誘拐したうえ娘に手をつけたのとじゃ、刑が全然ちがうんだ。だから、娘には手をつけるなって言ってるんだ。そういうときは、部長の命令でやりましたって言えば、刑は軽くてすむだろう」

「部長はどうなりますか？」

「死刑だ」

「死刑？」

「そうだよ。誘拐して殺すと罪が重いんだ」

「主任って頭のできがちがいますね」

光雄は、ほとほと感心した。

「おれは法律を勉強したんだ。ただし刑務所の中でな」

「さすが、えらくなる人はちがう」

光雄は、さっきからビールを飲んでいるのでトイレに行きたくなった。

ドアをあけて中へ入ったとたん、トイレの外で、女がひそひそと話している声がした。

光雄は出したいのを我慢して、トイレの上部にある小型の換気窓に顔を寄せた。

耳をすましてみると、どうやら女は、声を殺して泣いているようだ。

トイレと塀との間はせいぜい五十センチくらいしかない。女が泣いているということは、そこに男がいるのかもしれない。

よりによって、こんなところで密会して、しかも女を泣かすなんて。

「だれだ？」

光雄は言うなり、トイレの小窓をあけた。そこからは、顔を横に向けても外へは出せない。

しかし、目の前にはブロック塀があるだけで、男の姿も女の姿もない。

――気のせいだったのかな。

用をすまして部屋に戻ると、定次が「なんだ」と聞いた。

「トイレの外で女の泣いてる声がしたもんで……」

「それでどうした？　いたのか？」

「いません」

「おめえ、あんまり女、女と思いこむんで、血が頭に上っちゃってんだよ」

「そうかもしれません」

光雄は照れ笑いしたが、あの声はたしか錯覚とはちがうと思った。

それにしても、のぞいたらいなかったのはなぜか……？

電話が鳴った。

「よし、おれが取る」

ここに電話してくるのは部長しかいない。定次は受話器を耳にあてると、

「定次です」

と言った。送話口からは何も声が聞こえない。

「もし、もし」

そのとたん、「ふふふふ」と、女の含み笑いがして、電話は切れてしまった。

「なんすか？」

光雄が聞いた。

「まちがい電話だ。女が笑ってやがった」

――女。

光雄は、なんだか寒気《さむけ》がしてきた。また電話が鳴った。

「こんどは光雄出ろ。もし部長だったら、おれは便所へ行ったからすぐ戻《もど》ると言え」

そう言って定次はトイレへ行った。

光雄は受話器を取る。相手の声は聞こえない。

「もしもし」

「あたしをたすけて」

いまにも消え入りそうな女の声が、途切れ途切れに聞こえてくる。

「あんた、だれだ？」

「たすけて。殺される」

「どこへ電話してるんだよ」

光雄がどなったとたん、電話は切れてしまった。

「だれからだ？」

定次が聞いた。

「また女からです。こんどは、あたしをたすけてと言いました」

「助けてだと？」

「まるで、あの世からみたいな、暗くていやな声です。それで、あんただれだって言ったら切れてしまいやした」

「だれかのいたずら電話か、まちがってかかってきたんだ」

定次は平気である。

「トイレで女の泣く声はしませんでしたか？」

「しねえよ。するわけねえだろう」

定次が言ったとき、ドアをノックする音がした。

「いま時分、ドアをノックするなんておかしいんじゃないですかい。なぐり込みかもしれませんぜ」

光雄は定次の耳に囁《ささや》くと、ジャックナイフを手に持った。

「おめえ、こんやはどうかしてるぜ。はーい。鍵《かぎ》はかかってねえぜ」

定次はドアに向かってどなった。ドアは開かない。

「遠慮ぶかい野郎だな。光雄ドアをあけてやれ」

「大丈夫ですかい」

「大丈夫だ」

光雄は、いざというときのために、ジャックナイフを背中に隠してドアをあけた。

「だれもいねえ」

光雄は暗い廊下を見透かすようにして見た。廊下の真ん中ほどに、白いものがぼんやり見えた。と思った瞬間、四号室の中に吸いこまれるように消えてしまった。

「主任」

光雄はそう言ったまま、その場にへなへなと座りこんでしまった。

「どうした？」

定次がやって来た。

「幽霊です」

「幽霊がドアをノックするか？」

「だって音は主任もたしかに聞いたでしょう？」

「聞いた」

「あっしが、ドアをあけたでしょう。そうしたら、四号室の前に、白いものがぼんやり立っていて、中に吸いこまれるように消えちまったんです」

「そんなばかなことがあるか。じゃあ、四号室を見て来い」

「あっし一人じゃ、怖《こわ》くてとても行けません、主任もいっしょについて来ておくんなさい」

「腰抜け、それでよくヤクザになる気になったもんだ。よし、懐中電灯とそれからドスを持って来い」

定次につづいて光雄は廊下に出た。四号室の前まで来る。

「たしかに、この中に消えたんだな？」

「そうです」

定次は、いきなりドアを足で蹴《け》った。とたんに、中から何かの腐ったような強烈なにおいがしてきた。

「なんだ、これは……」

定次は鼻を押さえた。

「こいつは人の腐ったにおいですぜ」

「光雄、先に入れ」

「主任が先に……」

「ばかやろう」

定次が腰を蹴ったので、光雄はつんのめるようにして中へ飛びこみ、何かにつまずいて畳のうえに頭から転んだ。

ぬるっとしたものが顔についた。それに定次が懐中電灯の光をあてた。

「血だ」

「ええッ」

そのとき、どこからともなく女の声が聞こえてきた。

「とうとう来てくれたね」

電話のあの暗い声だ。

「主任、聞こえたでしょう」

「聞こえた。この部屋はヤバイ、出よう」

定次が逃げるようにして部屋を出て、光雄がそのあとを追った。

「おめえ、頭からシャワーを浴びろ」

一号室に入ると定次が言った。光雄はシャワールームへ入る前に自分の顔を鏡で見た。

これは、たったいま人を殺して返り血を浴びたという顔だ。シャワールームに飛びこんで、ノブをひねる。

真っ赤な水がタイルを流れる。突然、電気が切れて真っ暗になった。と思ったらシャワーも止まってしまった。

すると、また女の声が聞こえてきた。

「お前を呪《のろ》ってやる」

こんどは、いままでのとちがって凄《すご》みがある。光雄は床にかがみこんで、頭をかかえた。

「おれは何もしちゃいねえ、どうして呪われなきゃいけねえんだ」

「お前がここにいる限り呪ってやる」

「助けてくれ」

光雄の絶叫で、定次が、「どうした?」と言った。とたんに電気がつき、シャワーも元どおりになった。

「また、あの幽霊の声です。おれはもういやだ」

光雄は頭も顔も、そしてシャツもズボンも石けんでごしごし洗った。

ようやく、さっぱりした気分になって部屋に戻《もど》った。

「焼酎《しょうちゅう》でも飲んで、ぐっすり寝ちまえ」

「こんやは、おれもこの部屋で寝かしておくんなさい」

光雄は懇願《こんがん》した。

「おれは男と寝る趣味はねえよ」

定次は冷たく突き放した。女の来ない夜は、光雄が二号室で寝ることになっているのだ。

しかし、こんや隣で一人で寝ていたら、何か起こるかもしれない。

こうなったら、とにかく酔っぱらってしまうことだ。

光雄は焼酎をがぶ飲みした。しかし、酔いはちっともまわってこない。

6

朝になって、定次と光雄は、二階の十二号室で寝ている祥一郎《しょういちろう》と満《みつる》から、きのうの夜中、隣の部屋で女の泣いているような声がしたと聞かされた。

「このアパート、むかし何かあったんじゃないすか？」

祥一郎は光雄より度胸《どきょう》がない。すっかりびびっているようであった。

光雄は、きのうあったことを二人に話した。そこで、四人で四号室を見ることになった。

部屋には血の痕《あと》も、あのいやなにおいもなくなっていた。

ただ、そこに置き去りにされたくたびれたロッカーの中に、白いロングドレスが一つぶら下がっていた。

「これだ。これが暗い廊下に立っていたんすよ」

光雄は、これにまちがいないと思った。

「こいつを着ていた女は、自殺でもしたんじゃないずか？　きっとその霊がアパートの中をうろついてるんだ」

祥一郎は自分で言って蒼《あお》い顔をした。

「お前は心霊マンガの読み過ぎだ」

「だけど主任、霊はほんとうにあるんすよ。ただ、普通の人間には見えないだけです」

「おれはきのう、声も聞いたし、姿も見たぞ」

光雄が言うと、祥一郎は、

「霊がいても何もしないうちはいいですが、こういうふうに形をあらわし出したら、放っといたら危険です」

「どうすりゃいいんだ？」

定次は主任らしい貫禄《かんろく》をつけて言った。

「除霊《じょれい》をしなければ……」

「除霊ってなんだ？」

「つまり、成仏《じょうぶつ》しない霊を成仏させてやることですよ」

「放っといたらどうなる？」

「ここに住んでるみんなに取《と》り憑《つ》いて、きっとよくないことが起こります。たとえば、流れ弾《だま》丸にあたるとか、交通事故を起こすとか……。とにかく、ろくなことはないす」

「じゃあ、どうすりゃいいんだ?」

「霊能師に頼んで霊を鎮《しず》めてもらうしかないす」

「そんなのインチキじゃねえのか」

「主任、霊をばかにしたら怖《こわ》いすよ。ばかにすると、たとえばホームで電車を待つことがあるでしょう。そのとき、ふっと線路に飛びこんで轢《ひ》かれちまうんす」

「いやなこという奴だ」

「やるなら早い方がいいす。きょうにでもやりましょう」

「きょうはだめだ。娘を運びこまなくちゃならねえ」

「じゃあ、あしたやりましょう」

祥一郎はよほど霊が怖いらしい。本気で定次にすすめた。

「よし、じゃああしたやろう。お前どこかで霊能師とかいうのを見つけて来い」

「わかりました」

祥一郎が部屋を出ようとしたとき、六号室の石坂さよがやって来た。

「きのうはなんだか、いやな夜だったね。女の泣く声がして、眠れなかったよ」

「ばあさんもそうかい?」

光雄が聞いた。

「何か知らないけど変なにおいがしたり……。こりゃ、霊がまた騒ぎ出したかもしれないね」

「またって、前にもあったのかい？」

祥一郎が蒼い顔で聞いた。

「あったよ、五年前にね。あのときゃみんな逃げちゃったけど、四号室にいる女の子だけ、そんなのばかばかしいって住んでたんだ」

「それ、どういう女？」

「千住《せんじゅ》のバーに勤めてたんだけどね、どういうわけか知らないが、車に轢かれて血だらけになって死んじゃったよ」

「そ、それですよ、主任」

光雄が言うと、定次もしぶい顔をしてうなずいた。

「それで、五年前のそのときはどうしたんだ？」

「霊能師を呼んで霊を鎮《しず》めてもらったんだよ。それから何もなかったんだけど、お前たちみたいなのがやって来たから、また霊が騒ぎ出したのさ。いちばん最初に死ぬのはだれかね」

さよは四人の顔を順に見た。

「その霊能師、ばあさん知ってるかい？」

「知ってるよ。鎌倉《かまくら》のなんでも洞穴《ほらあな》に住んでるらしい」

「その霊能師に頼んでくれないかな」

祥一郎は定次の顔を見ながら言った。

「それはいいけど、お礼はちゃんと出してくれるんだろうね」

「お礼っていくらだ？」

定次が聞いた。

「そういうものに、いくらって決まりはないよ。お志《こころざし》だね」

「じゃあ、一万円でどうだ」

「そういうケチな心がけじゃ、霊は鎮まらないね」

「安いんなら、いくらだか言ってくれよ。おれには全然わかんねえや」

「少なくとも十万円は包まなくちゃね」

「十万円。高《たけ》えもんだな」

「それで命が助かると思えば安いもんさ」

「そうすよ」

祥一郎が言った。

「しかたねえだろう」

定次が舌打ちした。

「私のお礼は、いくらくれるんだい？」

「ばあさんにもお礼がいるのか？」

「あたりまえだろう。人にものを頼んでお礼もしないなんて。お前たちは礼儀も知らないんだね。鎌倉まで行くんだよ。一日つぶして」

「じゃあ一万円でいいだろう。これだけありゃ、うまいものを食ってもお釣《つり》がくる」

「だめだね。五万円」

「足もと見るなよ。三万円に負けてくれ」

「しかたない。近所のよしみで負けてやるよ」

さよは手を出した。

「前金か？」

「こういうものは前金に決まってるよ」

定次は、財布《さいふ》からしぶしぶ三万円出してさよにわたした。

定次と光雄は、荒川の堤防脇《ていぼうわき》に車を停めて、連中のやって来るのを待った。時間はちょうど午後六時、もう佐織は部活《ぶかつ》を終って学校を出たころだ。そこをチンピラどもが取り巻いて、この河川敷《かせんしき》までつれて来るのだ。

「まだか？　ちょっと見て来い」

定次に言われると、光雄は中学から来る道の方まで歩いて行った。

向こうから、四、五人のつっぱりたちが、中学生らしい女を真ん中にしてやってくる。

急いで車に戻った光雄は、「来ましたぜ」と定次に言った。

「よし」

定次はゆっくりと車を出る。

やがて、五人ほどの集団が堤防の上にあらわれ、河川敷の方へおりて行く。

「行こう」

四人のつっぱりどもが、佐織を囲んで因縁《いんねん》をつけている。

定次と光雄は堤防を一気に駆けおりた。

「おめえたち、この子に何をするつもりだ？」

定次は一喝《いっかつ》した。

「何をしようと、おれたちの勝手だろう」

いちばん背の高い少年が言った。

「若い娘をからかうのはやめろ」

「うるせえ」

いきなりなぐりかかってくるのをよけて、定次は少年のボディに一発入れた。少しきつ過ぎたかもしれない。少年はうなり声をあげてしゃがみこんでしまった。

その間に、光雄は三人の少年のほっぺたをぱん、ぱんと張って行った。

「逃げろ」

少年たちはいっさんに逃げ出した。

「怪我《けが》はなかったかい？」

定次はとってつけたように優しい声で聞いた。

「ええ、大丈夫です。ありがとうございました」

「この辺はチンピラがいるから、気をつけた方がいいよ。うちはどこ？」

「銀の鈴幼稚園です」

「ああ、そこなら通り道だ。送って行くよ」

「いいです。歩いていきますから」

佐織は、はっきりと言った。

「危ない、危ない。連中はきっと君が一人になるのを、どこかで待ってるにちがいない。わるいことは言わないから乗りなさい」

「すみません」

光雄はリアドアをあけて佐織を入れると、自分もその隣に座った。佐織が怪訝《けげん》な顔をして光雄を見た。

光雄はジャックナイフを出して、佐織の首筋にあてた。

「殺されたくないと思ったらおとなしくしな」

佐織がうなずく。光雄はガムテープを口に貼《は》りつけた。

「この寝袋に入りな」

と言った。佐織が素直に入るのを待って、チャックを閉じた。

「いいかい、暴れるんじゃないよ。暴れるとぐさりだからな」

光雄はシートに寝袋をころがして、その上に両足を乗せた。

定次はそのあたりをゆっくりまわり、暗くなるのを待って、アパートに車をつけた。

「よし、いまならだれもおらん」

光雄は寝袋を抱いてアパートに入った。

ここに入ってしまえば、こっちのものだ。二号室まで抱いて行き、ドアを足で蹴《け》る。

ダブルベッドに寝袋をおろしてから、部屋に電気をつける。

「あと一時間か」

定次がつぶやいた。

「主任は向こうの部屋に行っててていいすよ」

「だめだ。お前を一人にしておいたら、何をするかわからねえからな」

「これだからな」

光雄は腹の中を見透されてがっくりときた。

「しょうがねえ、テレビでも見て酒でもやりますか？」

光雄はテレビのスイッチを押した。しかし、絵も音も出ない。

「チクショウ。どこかこわれやがった。じゃあ酒だ」

光雄は一升びんの焼酎《しょうちゅう》を定次と自分のグラスに注いだ。

八時二十分になった。

一号室のドアをノックする音がした。

「だれかが一号室をノックしている」

定次がつぶやいた。

「部長ですか？」

「部長がノックなんかするか。ドアあけて見て来い」

定次に言われたとたん、光雄の背中に悪寒《おかん》が走った。

そっとドアをあける。しかし廊下にはだれもいない。

「だれもいませんぜ」

と言ったとたん、二階の階段をゆっくり上がって行く足音が聞こえる。

「二階にだれか、上がって行きます」

定次は部屋から飛び出すと、二階の階段を駆け上がった。光雄もあとにつづく。

どこかの部屋のドアが開いて、閉まる音がした。

「だれだ？」

定次はどなった。一部屋ずつ部屋をのぞいたが、だれもいない。

笑うような、泣くような女の声が、またどこからともなくしてきた。

光雄は目をおおった。階段の下で、「おーい」という声がした。

「部長だ」

定次は階段を駆けおりた。

「どこに行ってたんだ？」

「へえ……」

部長ににらまれて、定次は肩を縮めた。

「光雄、お前は外を見張れ、だれかいたら合図するんだぞ。定次はすぐ例のものを持って来い」

光雄はアパートの外に出た。人通りはない。中に向かって指で○をつくった。

定次が寝袋をかかえて来る。車は黒のベンツだ。部長が運転席に座ると同時にトランクのふたが開いた。定次が寝袋を入れる。ふたが閉まった。

ほとんど同時に車は発進した。

「これで、おれたちの仕事は完了だ」

定次は満足そうだった。

佐織を先頭に、宇野と天野がにこにこ笑いながらVサインをして幼稚園に戻《もど》って来た。

「やったぜ！」

みんないっせいに拍手で迎えた。三人の顔も服もほこりで真っ黒だが、そんなことを気にする者はだれもいない。

それにしても、すべては計画どおり、ひとつの狂いもなく進行した。

八時二十分に二人のヤクザが部屋を出ると同時に、宇野はベッドから這《は》い出して寝袋のチャックをあけ、佐織を出すと同時にさよが中に入り、元通りにチャックを閉めた。

それから押入れに入ると、天井裏から天野が佐織を引き揚げ、宇野が最後に天井板をきちんと閉めて帰って来たという次第だ。

「三人ともシャワーを浴びなさい」

佐織の母親の梨枝《りえ》が言った。

「レディーファーストでどうぞ」

宇野が言うと、

「でも、佐織もたいへんだったね」

久美子が言った。

「暑くて死にそう。おばあちゃん大丈夫かな」

「大丈夫。すぐ検問にひっかかるから」

「そう。それで安心した」

「奴《やつ》ら、君たちの幽霊の声を聞いて、すっかりびびっちゃったのさ。あしたは、いよいよ霊能師瀬川老人のお出ましだ」

相原は、ようやく緊張が解けた顔になった。

「それにしても谷本のカラクリはすごいよ。ドアをノックするだろう。そうすると弟分が出て来るがだれもいない。これは怖《こわ》いよな。どうやったんだ？」

英治が聞いた。

「あんなの簡単さ。天井裏に宇野がいて、棒で、とんとんとやったのさ。そしてすぐ棒を引き揚げれば、だれもいない」

谷本はなんでもないふうに淡々と説明する。

「四号室の幽霊は？」

「あれは白い紙に蛍光塗料《けいこうとりょう》を塗ったんだ。人の形にすると遠くから見ると無気味《ぶきみ》だぜ。ドアをノックした宇野が、天井づたいに四号室におりて、それをいったん見せてから引っ込む。そして押入れから天井裏をつたわって逃げる」

「宇野は大活躍だったな」

日比野は羨《うらや》ましげに言った。

「お前だって、おれくらい減量すりゃできるよ」

宇野は得意げに鼻をこすったので、いっそうひどい顔になった。

「においと赤い塗料《とりょう》は？」

「においは、ああいうガスがあるんだ。あの塗料は、三十分たったら消えちゃうんだけど、奴《やつ》ら知らねえから大騒ぎしたのさ」

「なるほどなあ」

英治は、あらためて谷本は天才だと思った。

「もうすぐ、部長のベンツが検問にひっかかるところだぜ」

中尾は腕時計を見て言った。

「大丈夫だろうな。もし逃がしたらことだぜ」

英治はちょっと心配になった。

「心配すんな。サツだってプロじゃんか」

安永に言われて安心した。

「瀬川のおじいさんがどういう演技をやるか……あとは明日《あした》のお楽しみ」

天野はすっかりノッている。

5　容疑者たち

1

事件が起きて八日間が過ぎた。

まだ、これといって容疑者らしい人物は浮かび上がってこなかったが、花井《はない》には、何かが見えそうで見えないのがもどかしかった。

武道館の更衣室で見つけたボタンは、生徒たちのシャツのボタンではなく、おとなのワイシャツのボタンであるということがわかった。

ただし、このボタンをつけるワイシャツは高級品ではなく、スーパーや衣料品店で売っている、大量生産の製品につけられるものである。

そう言われてみると、花井の持っているワイシャツも同じボタンであった。

これは綿とポリエステルの混紡《こんぼう》で、いちいちクリーニングに出さず、家で洗うことができる。

近ごろはクリーニング代もばかにならないと女房が買ってきたものである。

捜査本部で花井がそのことを言うと、大半の刑事たちが同じ種類のワイシャツを着ていた。

「つまり、こういうボタンのついたワイシャツを着ている者は、われわれみたいな安サラリーマンということだ。ということになると、教師のものだというのが妥当《だとう》な線だ。校内に教師のワイシャツのボタンが落ちていても、これは不思議でもなんでもない」

捜査主任の一言で、ボタンについての関心は消えてしまった。

その日、九月十三日朝の捜査会議で、この事件とは関係ないが、きのうの奇妙な事件が話題になった。

昨夜午後八時二十分、捜査本部の杉崎に若い男の声で電話があった。

内容は永楽荘というアパートの前から、いま黒塗りのベンツが、人間らしいものを寝袋に入れ、トランクに押し込んで走り去った。

車のナンバーは品川　33　そ　××××だというものであった。

そこで都内全署に手配して検問していると、荒川にかかる西新井橋《にしあらい》のたもとで、検問中の警官がそのベンツを発見した。

警官はベンツに停車を命じ、トランクをあけさせてみると、そこには杉崎への通報どおり寝袋が入っており、チャックをあけると、老婆《ろうば》が口をガムテープでふさがれ押しこまれていた。

ベンツを運転していたのは、東京、銀座×××に事務所を持つ商事会社ACグループの部長安藤慎吾《あんどうしんご》であることが運転免許証で判明した。

老婆は永楽荘に住んでおり、石坂さよというが、その夜突然二人の男にガムテープで口をふさがれ、寝袋に押しこまれたうえ、車のトランクに入れられたと言った。

一方安藤の方は、永楽荘に立ち寄ったことは認めたが、なぜ老婆がトランクに入っていたのか知らない。きっと何者かが自分を罠《わな》にはめるためにやったことだと言い張った。

杉崎は、その夜、署に安藤を留置したが、翌日釈放することにした。

ACグループというのは、暴力団が偽装解散してつくった暴力金融会社で、いまは地上げ屋が主たる仕事であるということがわかった。

「永楽荘というのは、銀の鈴幼稚園の隣にあるぼろアパートで、これを買い取って、住民の追い出しをはかっている不動産屋の黒幕がACグループだというわけです」

所轄《しょかつ》の遠山はさすがに、このあたりの情報にはくわしい。

「そこはいまどうなっとる？」

「若い連中を入れて、いやがらせをするのでみんないたたまれなくなって逃げ出し、現在は石坂さよが一人住んでいるだけです。それまで警察にもいろいろ苦情は寄せられたのですが、手口が巧妙ですので、どうにもなりませんでした」

「その若い連中というのはACグループの者か？」

「社員かどうかはわかりませんが、無関係ではないと思います」

「そういうことになると、ばあさんをトランクに入れたのは、その連中かもしれんな。殺してしまうつもりだったのかな」

「さあ、そこまで無茶はやらんと思いますが。いやがらせじゃないでしょうか」

花井にも自信はない。

「一度、そのアパートを見て来てくれんか？　うちの事件とは直接関係はなさそうだが、若い男がいるだけで、あとの部屋はがら空《あ》きということになると、もしかということも考えられるだろう」

杉崎は花井を見つめて言った。

「それはいままで考えていませんでしたが、あたってみる価値は十分あると思います。実は、けさ捜査本部に女の子のタレコミ電話がありました」

「ほう」

「その電話によると、被害者は夏休みの直前、中学の近くの文房具屋で万引きをしたというのです」

「万引き……？　あのまじめな子が？」

「万引きといっても大したものではないようです。警察の方へは連絡はありませんでしたから。ですが、これからその文房具屋へ行って、あたってみようと思います」

その文房具店は文選堂《ぶんせんどう》と言い、中学の近くにあったが、さほど大きな店ではなく、文房具のほかに雑誌やコミック誌なども置いてあった。

「こういう店では、万引きはしょっちゅうでしょう？」

花井は、五十歳くらいで髪の薄くなった主人に話しかけた。

「しょっちゅうですわ。たくさんでどっと入って来られたら、どんなに注意してもあきません。奴《やつ》らは計画的ですからな。そういう連中は顔もわかってますので、見つけ次第学校に言うてやります」

「親には言いますか？」

「金額によっては、交番にも言います。そうせんと、あそこのおやじはボケとるから大丈夫となめよります」

交番に突き出されれば、説教されたうえ親がつれに行かねばならない。

それだけではない。事件の報告書類は家庭裁判所に送られるので、しばらくすると呼出状がくる。

少年法では、全件送致《そうち》主義で、犯罪を犯した少年は、すべて家庭裁判所に送らなければならないことになっている。

「夏休み前ですが、この間殺された片岡美奈子《かたおかみなこ》という女子生徒が、おたくで万引きしたことがあるそうですね？」

花井が言ったとたん、主人の顔色がさっと変わった。

「黙っていて申しわけありません。大したことじゃなかったので、説教だけして交番の方には届けませんでした」

「被害はどのくらいだったんですか？」

「ノート二冊に消しゴム二個。金額にして二百数十円です」

「たったそれっぽっち？」

花井は思わず言ってしまった。

「それっぽっちと言われますが、最初はみんなそんなもんです。それでばれんと味をしめると、次第にエスカレートしていきますんや」

主人は、気分を害したようだった。

「ごもっともです。それで、そのときは説教しただけですか？」

「その子が泣いて謝りますし、ほかに客がだれもいなかったので、品物を返させて帰しました」

「すると、その現場はご主人以外だれも見ていなかったんですね？」

花井は念を押した。

「絶対にそうだったかどうか、はっきりおぼえていませんが、いなかったと思います。ただし、生活指導主任の古屋《ふるや》先生にだけは報告しておきました。万引きの場合は、大小にかかわらず必ず報告してくれるように言われておりましたので」

それは文房具店の主人として当然の行為である。どこにも不自然なところはない。

花井は遠山と顔を見合わせた。もう聞くことはないかという意味である。遠山はうなずいたので文房具店を出た。

「被害者の場合だけ、親に言ってないというのがちょっとひっかかりますね。中学に行って生徒と先生に聞いてみますか」

「たまには、仏心《ほとけごころ》を出すこともあるんだろうよ」

文選堂から中学は目と鼻の先である。生活指導主任の古屋にはすぐ会うことができた。

「片岡美奈子は、夏休み前に文房具店で万引きしたことがあるそうですね？」

いきなり花井が聞くと、古屋は「えッ」と言ったまま息を呑《の》んだ。しばらく間があってから、

「言わなければいけませんでしたか？」

と、表情をこわばらせた。

「いま、文房具店の主人に会って事情を聞きましたが、先生の方に報告だけはしたと言っていました」

「そうです。たしかに報告はありました。しかし、本人ははじめてやったことだと言いますし、金額も大したことはなかったので、説諭《せつゆ》だけで帰しました」

「両親には、そのことを報告されましたか？」

「いいえ。本人は、もし父親にこのことがわかるなら、私は死にますと言いますので黙っていることにしました。ですから、ご両親はいまもご存知《ぞんじ》ないと思います」

「先生は、このことをだれかに話したことがありますか？　たとえば担任とか、教務主任とか……」

「いいえ、だれにも話していません」

「普通、担任には話されるのではないでしょうか？」

遠山が替わって聞いた。

「普通は話します。しかし彼女は、父親に知られることを極度に怖《おそ》れていましたので、もし話が洩《も》れて父親の耳にでも入り、自殺ということになっては深刻な事態になると思い、だれにも口外しないことにしました」

古屋の話し方には、聞いていて教師としての信念が感じとれた。

「先生の方はそれでわかりましたが、万引きのこと、だれか知っている者はありませんか？」

「さあ……。文房具店の主人はそのときだれもいなかったと言いましたが、だれかに喋《しゃべ》れば別です。なにか、万引きとこんどの事件と関係があるのでしょうか？」

古屋の表情が微妙に変化した。

「もしかして、被害者は弱みをにぎられるようなことがあったのではないか、ということは前から考えていました。万引き事件を知っていたら、これは大きな恐喝《きょうかつ》の材料になります」

「私は……」

古屋はそのまま言葉を呑《の》んだ。

「いや、先生の責任を追及するわけではありません」

「私はやはり、心を鬼にしても両親に報告すべきでした。後悔しています」

古屋はしぼり出すような悲痛な声で言った。

2

「定次《さだじ》」

「あ、部長、連絡がなかったので心配してました。うまくいきましたか？」

定次は、食べかけのハンバーガーを無理に飲みこんだので、声がうまく出ない。

「おめえ、いったいだれに頼まれてあんなまねをしたんだ？」

「え、なんのことですか？　あっしには全然わかりませんが」

「とぼけるんじゃねえ」

部長の声はいやに冷静である。それがかえって怖《おそ》ろしい。

「何を怒ってるんすか？　話してくださいよ」

「そんなに聞きたかったらおしえてやろう。てめえらは、娘を誘拐《ゆうかい》するのが恐くなって、そのアパートのばばあを寝袋につめた。なんだって、そんな手抜きをしたか理由《わけ》を言え」

「あっしが、どうしてそんなことをやらなきゃなんねえんですかい。部長、お願いだから信じてください」

定次には何がなんだかわからない。

「しかも、サツに一一〇番までしやがって。おれをはめる気だったんだろう？」

「とんでもねえ、それは神に誓ってあっしたちじゃありません」

「いいか、あのとき光雄《みつお》は外に出て、だれもいねえと言った。そこでおめえが寝袋をトランクに入れ、おれは車をスタートさせた。そうだろう？」

「それで、どうやっておれのベンツに寝袋が載《の》ってることがわかる?」

「そうです」

「わかりません」

「そうだろう。おめえたち以外、わかるわけねえんだ。ところがサツは知っていた」

「あっしたちは絶対やっていません」

「往生際《おうじょうぎわ》のわるい奴《やつ》だな。これだけのことをやってくれたんだから、それなりの覚悟はしとけよ」

「部長、あっしたちが、あの娘を誘拐《ゆうかい》して寝袋に入れたのはほんとうです」

「それがどうやってばばあになったか、手品のタネ明かしをしてもらおうじゃねえか」

「これはきっと、このアパートに取《と》り憑《つ》いている霊の仕業《しわざ》です」

「霊だと? 人をおちょくるのもいい加減にしろ」

部長のどなる声が耳に痛い。

「部長、一つだけ弁解させてください。部長はいまどこですか?」

「銀座の事務所だ。きのうは一晩サツに泊められた」

「じゃあ、釈放されたんですね?」

「そうよ。知らぬ存ぜぬで押し通したからな。ほんとうにこっちは知らねえんだから強いものよ。サツも根負《こんま》けしておれを釈放しやがった」

「部長の声は、それまでの無機質なものからやっといつもの声になった。

「部長、もしあったしたちが部長をはめようとするなら、どうしてばばあなんか入れますかい。寝袋に入れた娘を積んでると一一〇番した方が絶対じゃないすか？」

定次が起死回生《きしかいせい》の方便を見つけた。

「そうか……。そういやそうだな」

「もしそうだったら、部長は絶対サツから出られませんぜ。へたすりゃ誘拐《ゆうかい》の罪で十五年はくらいます」

こうなったら、口から出まかせだ。

部長は黙っている。

「これで、あっしらが部長を売ったんじゃねえことを信じてもらえますか？」

「よし、半分は信じてやろう。あとは、娘が突然ばばあになったカラクリだ。おめえたち、ずっとあの娘についていたんだろうな？」

「ついていましたとも」

「たった二時間か三時間で、娘がばばあになるか？」

「だから言ったでしょう。このアパートには霊が取り憑《と》《つ》いているんです。この二、三日、女の泣き声が聞こえたり、変なことばかりつづいていました」

「そんなのは気のせいだ」

「それが気のせいじゃねえんです。そこであのばばあに聞いてみたら、このアパートで五年前に自殺した女がいて、その霊がときどきいたずらするんだそうです。うそだと思ったら泊まってみてください」

「そんな汚ねえところには泊まらねえよ」

「そこで、きょうばばあに頼んで、鎌倉から霊能師を呼んで、霊を鎮《しず》めてもらうことになってるんです。もう一日早くやりゃ、こんなことにはならなかったんです」

「おれはそんなものは信じねえ」

「ばばあが霊能師から聞いたところによると、あっしらの住んでる下に白骨が埋まっているというんです」

「いい加減なこと言いやがって」

「じゃあ、もし白骨が発見されたら信じてもらえますか」

「よし、信じよう」

電話が切れた。定次は全身汗まみれになっているのにやっと気づいた。

「どうでした？」

光雄の顔も真《ま》っ蒼《さお》だ。

「首の皮一枚残してつながった」

定次は全身から力が脱《ぬ》けて、立ち上がることもできない。

「焼酎《しょうちゅう》持って来い」

光雄が持って来た焼酎のグラスを一気にあけた。


「いいかい、霊能師様ってのはえらいんだからね。玄関で丁重《ていちょう》にお迎えしなくちゃいけないよ」

さよに言われて、定次と光雄はアパートの入口で霊能師の到着を待った。

午後一時、約束どおり道路の曲がり角から行者姿《ぎょうじゃすがた》の男が、手に長い棒のようなものと袋を持ってあらわれた。

近づくにつれ、髪は伸び放題《ほうだい》、顔は垢《あか》だらけで異様なにおいがする。

「ほら、頭を下げないかい？」

さよは二人の頭を押してから、

「行者様、ここでございます」

「本日はご苦労さんでござんす」

さよにつづいて、二人も頭を垂れた。

アパートに近づいた霊能師は、両手を前にかざし、呻《うめ》き声《ごえ》を上げてうしろへ倒れそうになった。

「どうなされました？　行者様」

さよが霊能師のからだをうしろから支える。

「これは、すごい霊じゃ」

霊能師は、袋から黒い灰のようなものをつかんで出すと、アパートの入口に向かって、二度、三度放り投げ、持っている棒を振りかざし、

「えいッ、えいッ」

と、空間を切りつけた。それから定次と光雄に向かって、

「案内しなされ」

と言った。二人は霊能師の先に立ってアパートに入る。そのとたん、また霊能師はひきつけでも起こしたような声をあげた。

「何かいますか？」

定次がおそるおそる聞く。光雄のほうはしっかり目を閉じている。

「おる。悪霊退散《あくりょうたいさん》！　悪霊退散！」

霊能師はそう叫びながら、廊下に黒い灰を袋から出しては振りかけて進む。

四号室の前まで来たとき、霊能師は立ち止まって、わけのわからぬ呪文《じゅもん》を唱えはじめた。

それからドアに向かって、「やあッ」と、気合いを入れた。とたんに、ドアがさっ

と開いた。

定次も光雄も、唖然《あぜん》としたまま口も利《き》けない。

「ここには入るな。霊にやられる」

霊能師は、二人にそう言いおいて、自分だけ四号室に入ると何か焚《た》きはじめた。

煙が部屋に充満すると、どこからともなく女のすすり泣くような声が聞こえてきた。

「あの声だ」

光雄は思わず定次の腕をにぎりしめた。

「待っておれ。いま成仏《じょうぶつ》させてやる」

霊能師が、またわけのわからぬ呪文を唱えると女の声も消えてしまった。

部屋から出てきた霊能師は、ドアを閉めると袋から護符《ごふ》を出して、ドアと柱に貼《は》りつけた。

「霊はここに閉じこめたから、けっしてあけるでないぞ」

それから、いわしの目刺しを一匹取り出し、釘《くぎ》で柱に打ちつけると、そこに、にんにくを一個ぶら下げた。

霊能師は、三号室、二号室の前は黙って通り過ぎたが、一号室の前まで来ると、また呪文を唱え、灰を投げた。

「ドアに耳をつけてみるがいい。中で霊が喋《しゃべ》っておる」

霊能師に言われて、定次と光雄は、おそるおそるドアに耳をつけた。たしかに、女の喋っている声が聞こえる。

「どうだ、聞こえるだろう」

「聞こえます」

二人同時に言った。

「いいか、わしがよしと言ったらドアをあけるんだ」

「へい」

定次がノブに手をかけた。

「よし」

定次は一気にドアをあけた。とたんに、部屋の中で何かが爆《は》ぜる音がして白煙があがった。

「霊は退散した」

霊能師は中に入り、呪文《じゅもん》を唱えては黒い灰をまき散らす。やがて流し台のところまで行くと、

「ここじゃ」

と、下を指さした。二人は顔を見合わせた。

「この下に骨がある」

「ほんとうですか？」

定次が言ったとたん、

「わしが信じられんのか。すぐもぐってみよ」

とどなられてしまった。

「光雄、お前やれ」

「おれがですかい」

光雄は、そろそろと流し台の下の戸をあける。中は空《から》っぽである。床板に手をかけると簡単にはずれた。

「中は真っ暗ですぜ」

のぞきこんだ光雄が心細い声で言った。

「ほら、懐中電灯だ」

光雄は懐中電灯を片手に、流し台の下から床下にもぐった。

「どうだ、あるだろう」

霊能師が言ったとたん、

「あった」

と、光雄が叫んだ。定次も床下に首を突っこんだ。光雄が持っているのは頭蓋骨《ずがいこつ》の半分であった。

「そのままにして出て来い。供養《くよう》してからでないと、呪《のろ》いが取《と》り憑《つ》くぞ」

霊能師の言葉に、光雄はその場に頭蓋骨を放り出して、床下から這《は》い上《あ》がって来た。

「これからどうすりゃいいんですか？」

定次は声が自然にふるえてくるのをどうしようもなかった。

「三、七、二十一日わしが供養する。その間だれも近づいてはならん。もしその供養を怠《おこた》ると、ここでまた人が死ぬことになるぞ、お前たち二人のうちのどちらかだ。それでもいいか？」

定次は、すぐ部長に報告しなければと思った。

3

「あの文房具屋のおやじ、見かけによらずワルかもしれんぞ。奴《やつ》の周辺を洗ってみるか？」

花井は、校庭で会った菊地英治《きくちえいじ》と相原徹《あいはらとおる》の言葉を思い出していた。

二人とも中学に入ったとき、学校の前の文選堂でだけは万引きするなよと上級生からおしえられた。

あのおやじは、万引きすると親を呼びつけ、交番につれて行ってもいいかどうか、もしつれて行けば家庭裁判所に呼び出され、あんたの子どもの将来はめちゃめちゃになると脅《おど》す。

この一言で大抵《たいてい》の親はびびって、金を包んで持って行く。その金額が少ないと突き返すということであった。

花井と遠山は近くの交番に寄った。

「この近くに文選堂という文房具屋があるだろう？」

所轄署《しょかつしょ》の遠山が聞いた。

「はい」

巡査は、からだを硬くして答えた。

「あそこのおやじ、万引きの子どもをつれて来たことがあるか？」

「ありません」

「そうか、やっぱりな」

花井は口の中でつぶやいた。

「あのおやじの評判聞いたことないか？」

「間宮勲《まみやいさお》ですか。ときどき夫婦げんかで呼ばれたことがあります。評判はけっしていい方じゃありません」

「だれが電話してくるんだ？」

「近所の人です。あのおやじ、頭が薄いので年とっているように見えますが、まだ四十五歳です。嫁さんも同《おな》い年ですが、旦那《だんな》が競馬と女が大好きなんです」

「女でも囲ってるのか？」

「囲うどころか、借金で首がまわらないという話です。それでも駅前の『ミミ』というバーにしょっちゅう入りびたりです。そこで帰って来るとけんかです」

「相当派手にやるのか？」

「嫁さんが気の強い女ですからね。ものは投げる、ぶったたくの大立ちまわりです」

「しかし、借金があるのに、よくそんなバー通いができるな」

「嫁さんの話によると、そこが気に入らないんだそうです」

「嫁さんの姿は見なかったが、どこかに働きに行ってるのか？」

「パートでスーパーのレジをやっています」

　交番を出ると、遠山は思い出したように、

「さっき古屋という先生にあったとき、ワイシャツを注意して見たんですが、第三ボタンがちがってましたよ」

「そうか、おれは気がつかなかった」

「古屋という線はどうですか？」

「生活指導主任がか？」

「古屋なら、万引きのことで脅《おど》せば言うことを聞くでしょう。それに、古屋ならあの現場は何度でも下見できます」

「もし産むなんて言われたら、古屋の社会的地位はめちゃめちゃだ。しかし……」

「なんですか？」

「古屋だったら、学校以外の場所を選ぶと思うがな」

「いや、学校だから被害者はやって来たんです。そこで中絶するよう説得した。しかし、彼女は言うことを聞かない。そこで発作的になぐったら死んでしまった。困った古屋はビニールシートに包んで屋上に持ち上げ、そこから落とし、スニーカーと遺書を置いて自殺に偽装した。あの、私は死にますという言葉は古屋に書いたものです。あのあとに、古屋先生と書いてあったのを切ったのではないでしょうか」

遠山が一気に喋《しゃべ》るのを、花井は黙って聞いていた。

「一応、その線は主任に報告しよう」

花井が言ったので、遠山の表情が明かるくなった。

「これからどこへ行くんですか？」

「スイミングスクールだ。被害者の母親に会って、万引きのことを聞いてみる」

二人はスイミングスクールまで行って、被害者の母親片岡ゆかりに会った。

「お嬢さんが、夏休み前に万引きをしてつかまったことがあるそうですね」

花井は、ゆかりの表情の変化を読みとろうと目を据《す》えた。

「美奈子が？　それは何かのまちがいじゃございません？」

ゆかりは、いかにも心外《しんがい》だという顔をした。

「そうですか。ではご存知ないんですね？」

「ございません。あれば先生か警察から何か言ってくるはずじゃないでしょうか？」

「ところが、実はあったのです。といっても文房具店でノート二冊と消しゴム二個だけですが……」

「どうして、どうしてそんなことしたんでしょうか。そんなもの、ほしければいつでも買ってあげるのに……。信じられません」

ゆかりは羽織ったバスローブを、固くしぼるように握りしめている。

「親には信じられないような行為を、子どもは発作的にするものですよ」

「でも、万引きなんて……。そんなこと主人が知ったらなんと申しますか」

「お嬢さんは、お父さんに知られることが何より怖《こわ》かったようです。だから、おそらく内密にしてもらったのでしょう」

「私、文房具店さんに謝りにまいります」

「いや、それはやめてください。この件は、本人も亡くなったことですし、あくまで知らなかったことにしていただきたいのです」

花井は、できるだけ穏やかな調子で言った。

「でも、あの子が万引きなんて……」

ゆかりは、悪い夢でも見たときのように首を振った。

「きのうあのあと、おばあさんの方も大成功だったらしいぜ」

相原がみんなの顔を見わたした。

きょうは土曜日、帰り道に相原、英治、中尾《なかお》、久美子《くみこ》、ひとみ、天野《あまの》、宇野《うの》、安永《やすなが》が自然に集まった。

「ほんと！　やったあ」

全員が喚声をあげた。

「だけど、部長はおどろいただろうな。若い娘だと思ってたのが、ばあさんになっちゃってるんだから。まだサツにつかまってるのか？」

「けさ釈放されたって」

「ほんとか？」

英治は相原の顔を見つめた。

「おばあさんは誘拐《ゆうかい》されたとは言わなかったんだって」

「どうして？」

ひとみが不思議そうな顔をした。

「何か考えがあるのさ」

中尾が言った。

「部長がサツを出て真っ先にすることはなんだと思う？」

「決まってるじゃんか、定次と光雄に電話する。そうすると、二人ともびっくりするぜ」

中尾が言うと、みんな、おかしくなって笑い出した。

「それなんだよ。奴《やつ》らは、佐織《さおり》がばあさんになっちまったと思いこむ。ところが、ここに佐織があらわれたらどうなると思う？」

「そりゃ、おどろくだろうし、奴らにとっちゃヤバイことになる。誘拐《ゆうかい》がばれちゃうんだから」

「そうだろう。だから佐織んちへ電話して、きょうは学校は休めって言ったんだ。どうせ土曜日だしな」

「それは相原、いいやり方だったよ」

中尾が言った。

「ところでさ、さっき学校にいつもの刑事が二人でやって来たんだ。そのとき、おれと菊地は変なこと聞かれたんだ」

「変なことって？」

久美子が聞いた。

「お前たち、文選堂で万引きしたことあるかって、だから、あそこのおやじは、万引きすると親を脅《おど》して金を取るって評判だからやらねえって言っといた」

「なんで、急に万引きなんて言い出したのかなあ」

中尾が首をかしげた。

「それはね、私がサツに言ったからよ」

ひとみがだしぬけに言った。

「どうして？」

「だって、私見ちゃったんだ。片岡先輩があそこで万引きしてつかまったのを。私、びっくりして逃げちゃったけど」

「へえ、そんなことあったのか。だけど、つかまるなんてどじだな」

安永が言った。

「それはやりつけねえからさ、だけど、どうして、急にそのことをサツに言う気になったんだ？」

相原がひとみに聞いた。

「私、このことはだれにも言う気はなかったの。だってさ、普通だったら先輩の方から、私、万引きしてつかまっちゃったって言うでしょう。ところが、先輩はそのことをだれにも言ってないのよ」

「ちょっと変だね」

久美子が首をかしげた。

「変でしょう？　だから言えない何かがあると思って黙ってたのよ。ところが、こういうことになって、いろいろ考えているうちに、おかしなことに気がついたの」

みんなが、いっせいにひとみを見た。ひとみは一息ついて、

「だってさ、あのおやじ、万引きしたら親を脅《おど》してお金ふんだくるでしょう。ところが、こんどだけそれをやってないのよ」

「どうして、そんなことがわかった？」

「片岡先輩のおやじって、もし万引きしたなんてことがわかればただじゃすまないよ。顔中はれあがるほどぶんなぐられるはずなのにそれがないじゃん」

「ということは、あのおやじは片岡先輩の両親には話さなかったということだ」

相原は中尾の顔を見た。

「なぜ話さなかったか？　考えられるのは、あのおやじは片岡先輩と取引きしたんだ」

「どんな？」

「たとえば、黙っていてやるかわりに、だれかとつき合えとかさ」

「それは言える。あれだけかわいいんだからつき合いたい奴《やつ》はいるよ」

「それで、おやじは紹介料取ったんだ」

天野はそう決めつけている。

「それとも、あのおやじがやったのかもな」

日比野《ひびの》がつぶやいた。

「あのおやじが……？」

英治は想像するだけで鳥肌《とりはだ》が立った。

「だって、あのおやじ、ロリコン趣味があるんだってよ」

「ロリコン趣味ってなんだ？」

「菊地、お前そんなことも知らねえのか。少女が好きだってこと」

「そうよ、あのおやじ、私たちが入るといやな目つきで、じろじろ見つめるんだから」

佐織が言うと、純子も「そうよ」と、相槌《あいづち》をうった。

「犯人はあのおやじだ」

日比野が言った。

「おれは、天野の説の方を採《と》るな」

中尾がつづけて、

「とにかく、ひとみがサツに電話したのはよかった。これで、サツもあのおやじを調べるだろう。そうすりゃ何か出てくるかもしれない」

ひとみは、中尾に褒《ほ》められて胸を何度もなでた。

「よかった。実は私、サツに言うとき、みんなに相談してからと思ったんだけど、ちっとも犯人は見つからないしさ、それで急に言う気になっちゃったの」

「そうか、刑事が学校に来たのは、古屋に会うためだったんだな。すると、古屋も万引きのこと知ってるな」

英治が言うと安永が、

「古屋だって怪しいもんだぞ。先生だからって信用ならねえからな」

と言った。

「古屋か……」

相原はすっかり考えこんでしまったまま、口を利《き》こうとしない。

「おい、いまごろ瀬川《せがわ》のおじいさんが、霊能師をやってるときじゃねえか」

宇野が言った。

「見に行こうぜ」

急に歩き方が早くなった。

4

電話が鳴った。部長からだったら骨が見つかった話をしようと思った。

いくら部長でも、これを見れば霊の怖《こわ》さを信じるだろう。

「お前は定次か？」

部長の声ではない。しかし、妙に威厳がある。

「へい。定次です」

「わしは、さっきお前のところに行った霊能師じゃ」

「あのときはどうも……」

「お前と別れてから急に感じたのだが、お前には死霊が取《と》り憑《つ》いている。すぐその場を離れんと、必ず殺される」

「ほ、ほんとですかい」

「わしを信じられないならおしえてやろう。お前たちは、きのう若い娘を誘拐《ゆうかい》しただろう？」

「ええッ、そんなことまでわかるんですかい？」

「わしには、なんでも見えるのだ。ところが、その娘は生きている。そのことはお前たちの部長も知っている」

「そんな……」

「そうすると、どういうことになるか、胸に手をあててよく考えてみろ」

定次は、言われるまま胸に手をあてた。

娘が生きているということは、娘が警察に言えば、たちまち二人は逮捕《たいほ》されてしまう。すると、二人は部長に頼まれたことを自白する。当然のことだ。

——そうなると。

部長は、二人が警察につかまらないうちに、二人を消してしまうということになる。

——そういうことか。

「わかりました。で、私らはどうすればいいんですか？」

定次は、大きい声を出す元気も消え失せてしまった。

「そこから、東の方角に向かって行け」

「どんどん行ったら、太平洋に落ちてしまいます」

「そこまで行くことはない。市川《いちかわ》にわしの知り合いがいる。そこにしばらく身を寄せるがいい。そこには、頭のボケたじいさんが一人いるだけだから安心していい」

霊能師は住所と名前を言うと電話を切った。

切ると同時に、電話が鳴った。こんどはまちがいなく部長だ。

「定次です」

「どうだ。骨は見つかったか？」

「見つかりました。やはり霊能師の言ったとおりでした」

「お前もずいぶん芝居がうまくなったもんだな。霊能師だとか骨だとか言いやがって。そんな子どもだましに、おれが乗ると思ってんのか？」

「芝居なんてとんでもない。うそだと思ったら見に来ておくんなさい。ちゃんと骨がありますから」

「骨くらい、そこらへんの墓場にいくらでもころがってら。それより、娘が生きてるっていうじゃねえか？」

「ほんとですかい！」

定次は、せいいっぱいおどろいた声を出した。

「なにがほんとですかいだ。二階の満《みつる》が見たって連絡してきた」

「それは見まちがいかもしれませんぜ」

「じゃあ、娘はいったいどこに行っちまったんだ？」

「知りません」

「とぼけるな。いまからすぐ隣の幼稚園へ行って、娘をバラして来い」

「へえ」

「わかったな。おれはいまからすぐそこへ行く。それまでに娘の死体を見せなかったら、おめえたちを死体にしてやるからな」

はげしい音を立てて受話器が置かれた。

「光雄」

定次は、そばに寄り添うようにして電話の会話を聞いていた光雄に言った。

「へい」

「ヤバイことになって来た。逃げよう」

「逃げるより、娘をバラした方がいいんじゃないですかい？」

「ばかやろう。そんなことしたら、おれたちは死刑だ。逃げた方がまだ生き残れる確率がある。バラしたかったら、お前バラしてこい」

「あっしは、主任の言うとおりにします」

「じゃあ行こう。行先はさっきの霊能師がおしえてくれた。この車はヤバイからタクシーで行こうぜ」

光雄はボストンバッグに洋服類をつめようとした。

「何も持ってくな。このままがいい」

二人はアパートを飛び出した。

園児のいなくなった幼稚園の遊戯室には、瀬川を中心にして、十人の生徒が集まっていた。

盗聴マイクから入ってくる声はまだ明瞭《めいりょう》である。

「これで、二人を追い出すことができたな」

瀬川が言うと全員が「やったあ」と拍手した。

「だけど、佐織が生きてることがばれちゃったんじゃ、ヤバイんじゃねえかな」

安永がつぶやいた。

「ヤバイのは向こうの方さ」

瀬川は電話のダイヤルを回した。

「もしもし、ACグループかい？　おれはタコってもんだが、部長さんを出してくれねえかい？」

「タコ？　ふざけんじゃねえ」

送話口から大きい声が洩《も》れてくる。

「タコという苗字《みょうじ》だからしようがねえだろう。いいから部長を出せ」

瀬川は聞いたこともない大きい声を出した。

「部長の安藤だ。何か用か？」

「お前さん、いま困ってることがあるんじゃねえかい？」

「困ってることとなんてねえ。てめえは、いったいだれだ？」

「おれはタコだ」

「タコなんて奴《やつ》、おれは知らん」

「お前さんは、知ろうと知るまいとどうでもいいんだ。実は、おれはいま、お前さんが誘拐《ゆうかい》し損《そこな》った娘を預かっている」

「なんだと……？」

「お前んとこの定次と光雄という、ちょっと頭の足りねえ野郎をつかって、ばあさんと交換させてもらったってわけさ」

みんな口を押さえて、床の上を転げまわっている。苦しくて、だれの顔も真《ま》っ赤《か》だ。

「よし。条件を聞こう」

「お前たちがいま押さえている、あのアパートと交換だ」

「なんだと、冗談《じょうだん》も休み休み言え。おれをなめるんじゃねえぞ」

「大きく出たな。それならいい、娘をつれて誘拐されましたとサツに名乗り出るだけだ。言っとくけど、定次も光雄もおれが預かっている。うそだと思ったら、アパートに見に行ってみな。それが面倒なら電話でもいい」

「チクショウ」

デスクをどしんどしんたたく音がする。よほど頭にきているにちがいない。

「おれは、ただで寄越《よこ》せと言ってんじゃねえ。お前たちが買った値段で、もとの持ち主に戻《もど》せと言ってんだ」

「そいつはひどい。もう少し色をつけてくれよ」

「だめだ。それがいやなら、この話はないことにする。電話を切るぞ」

「ちょっと待ってくれ。娘とアパートをどうやって交換するんだ？」

「まず、お前がアパートを返すんだよ。その権利証を見て、ちゃんとそうなってたら娘をわたす」

「そいつは、お前の方に都合が良過《よす》ぎる」

「そうかい。刑務所で十年も暮らしたいのかい。それならいいぜ。とにかく、こっちには切り札があるんだってことを忘れるな」

瀬川は一方的に電話を切った。

「瀬川のおじいさんって、むかしはヤクザの親分だったんじゃねえのか。あのタンカはハンパじゃねえよ」

安永はしきりに感心した。

「七十何年も生きりゃ、このくらいのことはなんでもない。年の功だ」

瀬川は、電話のときとはうって変わって、いつもの老人の声になった。

「だけどさあ、ほんとに佐織とアパートと交換しちゃうの？」

ひとみが、心配そうに聞く。

「だれがそんなことするものか。あれはうそだ」

「うそかあ」

みんな明るい声で笑い出した。

「わしは調べてみたんだが、あの連中はあのアパートをただ同然の値段で取り上げてしまったんだ」

「元の持ち主ってだれ?」

「たった一人で暮らしているおばあさんだ」

「もしかして、そのおばあさんって、六号室のおばあさんじゃない?」

久美子が聞いた。

「そのとおり。もともとあのアパートは石坂《いしざか》さよさんのものなんだ」

「そうかあ、だから一人で頑張《がんば》ってるのか」

英治ははじめてわかった。

「さよさんは、あのアパートが戻ったら、老人専用のアパートに建て替えると言っている」

「そして、そこからこの老稚園《ろうちえん》に通うのか?」

相原の顔がほころんだ。

「わしの知ってる老人でな、持ってる金で立派なアパートを建てたいと言っとるのがいる。あの土地があれば好都合だ」

「そいつはすげえや、じゃあ、どうしても取り戻さなくっちゃ」

「あの男も、電話で言ったように簡単には返さんだろう。これから何が起こるか見ものだぞ」

何か起こると聞いて、英治はぎくりとしたが、瀬川は楽しそうに笑っている。

「奴《やつ》らと戦争になるの？」

英治は解放区のことを思い出して、思わずからだが硬くなった。

「あさっての、老稚園の開園は大丈夫？」

佐織が心配そうに聞いた。

「戦争にはならん。老稚園は予定どおり開園する」

「よかった」

「いや、奴らを根こそぎ退治するまでは安心ならん」

根こそぎ退治するって、どうやるのだろう。英治には、瀬川が何を考えているのかまるでわからない。

5

花井と遠山が銀の鈴幼稚園に顔を出すと、学校で会った生徒たちが十人もいた。

「なんだ君ら、いつから幼稚園に逆戻《ぎゃくもど》りしたんだ？」

「そりゃ、ここの園児たちが一人もいなくなっちゃったから、おれたちが替わりに来てるんだよ」

この少年は学校で会った。たしか相原と言った。

「一人も……？　このごろは子どもの数が減ったからなあ」

遠山は、なるほどとうなずいている。

「なんにも知らねえんだなあ」

いかにもつっぱっている大柄《おおがら》な少年が言った。

「君の名前おしえてくれよ」

「安永ってんだ。そのうちご厄介《やっかい》になるかもしんねえけど、そのときはよろしく」

花井は思わず吹き出してしまった。

「わかった。なぜ園児がいなくなっちまったか、おしえてくれよ」

こういう男の子たちと話すのなら、花井は遠山より自信がある。女は、子どもでもどうも苦手だ。

「刑事さん、ACグループって知ってる?」

相原が聞いた。

「知ってるさ」

「ACグループの奴《やつ》らがみんなを引っこ抜いて、よその幼稚園につれてっちゃったんだよ」

「ACグループといや、隣のアパートもあいつらが占領してるんだろう」

「そうだよ。あいつら、この幼稚園とアパートをぶっつぶして、何か建てようとしてるんだよ」

相原という子どもは賢そうで、目がきらきらと輝いている。

「じゃあ、老稚園《ろうちえん》をやると言ったら、いやがらせもあるだろう?」

「あるなんてもんじゃないよ。老稚園を計画どおり開園するなら、私を片岡先輩と同じ目に遭《あ》わせるって電話がかかってきたわ」

「君は、ここの子か?」

花井が少女に聞いた。

「そうよ。朝倉《あさくら》佐織っていうの」

「それは脅迫《きょうはく》だ。どうして警察に言わなかったんだ?」

遠山が聞いた。

「だって、どこのだれとも言わないんだもの、言いようがないじゃん」

「それはそうだが、気をつけた方がいい。奴《やつ》らのことだから何をやらかすかしれん」

遠山が心配そうに言う。

「もうやられちゃったわよ」

佐織が言ったとたん、みんなで笑い出した。

「何かやられたのか？」

「誘拐《ゆうかい》されちゃった。娘の命が欲しければ幼稚園を寄こせって」

「それは君、重大犯罪だぞ。どうして警察に連絡してくれなかったんだ？」

遠山の口調がきびしくなった。

「サツに話して、佐織が殺されちゃうといけねえから、おれたちで取り返しちゃったのさ」

安永が言ったとたん、子どもたちは楽しそうに笑った。

「どうやって取り返したのか、おしえてくれないか？」

花井が遠山に替わって聞いた。

「佐織をおばあさんと取り替えちゃったのさ」

学校で会った菊地という生徒が言った。

「じゃあこの前のあれは……」

「そうだよ。おれがベンツのナンバーをおしえたのさ」

安永が得意そうに言った。

「ついでに言うと、万引きのこと電話したのは私」

少女が言った。

「君の名前は」

「中山ひとみ。あれ、役に立った?」

「立ったとも、協力ありがとう。ところで、誘拐《ゆうかい》のことだけど、この子とおばあさんをどうやって取り替えたんだ?」

「それは手品さ。簡単にタネ明かしはできないよ」

「じゃあ、誘拐した奴《やつ》だけおしえてくれないか?」

花井は、あくまでも子どもたちの手柄話《てがらばなし》を聞きたいというふうに装《よそお》った。

「隣のアパートにいる二人だよ」

「しかし、ここへ来る前に寄ってみたんだけど、二人ともいなかったぞ」

「そりゃそうさ。誘拐ではドジやっちゃったんだもん。あんなとこでもたもたしてたら、サツにつかまるか、部長に殺されるかだろう」

相原が言った。

「部長ってだれだ？」

「ベンツに乗ってた奴《やつ》さ」

「安藤慎吾か……。あの野郎」

「刑事さん、あいつまだつかまえちゃだめだよ。もう少し泳がしておいてほしいんだ」

相原に泳がしておけと言われて、思わず花井は笑いそうになった。

「ほう、どうしてだ？」

「あいつにオトシマエをつけてやりたいんだ。そのあとサツにわたすからよ」

「君、そういうことは子どものやることじゃない。警察に任しておきなさい」

「そうはいかないことがあるんだよ。三日でいいから待ってくんない」

「どうして三日なんだ？」

「だって、あしたは日曜だし、その次は敬老の日だから、役所は全部休みじゃない」

「休みだとまずいのか？」

「まずいよ。実はね、おれたちあいつと取引きしてるんだ」

「なんの？」

「それはいま言えない」

「それもか……。まあいいや。君の言うとおり泳がせよう。しかし、逃げた二人が見つかって殺されちまったら、その取引きもパーになるかもしれんぞ」

花井は、子どもたちが二人の逃げた先を、どうも知っているような気がしたので、カマをかけてみた。

「大丈夫さ。見つかりっこないよ」

「いや、あいつらの組織はすごいからな。どこに逃げても、きっと見つけ出す。妙なところに隠れているより、警察で保護した方が安全だと思うがな」

「だけど、サツはつかまえるとすぐ発表しちゃうじゃない」

「そうとは限らんさ」

「どうしたらいいと思う？　おじいさん」

相原は、子どもたちといっしょに、さっきから黙って座っている老人に聞いた。

「私は瀬川と言いまして、ここの老稚《ろうち》園生《えんせい》です」

瀬川を見たときから、花井は自分の父親を思い出していた。田舎《いなか》に放りっぱなしで、年に一度か二度しか会っていない。

「実は私、ある組織の者だと偽《いつわ》って、安藤慎吾と取引きしたんです」

瀬川は取引きの内容を要領よく二人に話した。

「なるほど、それで休みだとまずいのか。わかりました。しかし、この娘さんをつれて行かなくてはならないでしょう？」

花井は、それをどうするのか興味があった。

「そうしなくてもいい方法を考えていますが、もしつれて行くときは替玉《かえだま》でやります」

「だれ？」

子どもたちの視線が瀬川に集まった。

「女性警官です。お借りできますね？」

いきなりそう言われて、花井は「ええ」と答えてしまった。もちろん、こんなことは花井の独断でできることではないが、捜査主任も許可してくれるにちがいないと思った。

「もしこれが成功して、あのアパートが老人専用のアパートになったら、入りたい人はたくさんいますよ。隣には老稚園《ろうちえん》もあることだし」

瀬川の夢見るような目を見ていると、花井も、自分の父親をあそこに入れられたらと思った。

「刑事さん、もう一ついいことおしえてあげる」

ひとみが突然言った。

「なんだい？」

「あの文房具屋のおやじ、ロリコン趣味だよ」

花井にとって、それは初耳《はつみみ》だったし、興味あることだった。

「君たち、何かやられたことあるのかい？」

「私はまだやられたことはないけど、入って行くといやらしい目で、上から下までじろじろ見るの。だから絶対一人で行かない」

「それはいいことをおしえてくれた。そのほかにもまだ何かないかい？」

「あいつが駅前の『ミミ』ってバーに行ってること知ってる？」

佐織が言った。

「知ってるよ」

「さすが。あそこで、あのアパートの二階に住んでいる二人がバーテンで働いてんだよ」

「そうか」

花井は遠山と目を見合わせた。

「そこの『ミミ』にね、うちのクラスの竹中律子《たけなかりつこ》のお母さんが働いてんだ」

「ホステスでかい？」

「そう。いまならまだ家にいると思うよ。行って聞いてみなよ。文房具屋のおやじのこといろいろ知ってると思うよ」

「ありがとう。それはすばらしい情報だ」

花井は思わず口から出た。

「さっそく行きましょう」

遠山は時計を見て腰を上げた。

「君らに言っとくけど、奴《やつ》らをあまく見ちゃいかんぞ。佐織君は絶対家を出ちゃいかん」

幼稚園を出た花井は、子どもたちと喋《しゃべ》ったせいか、久しぶりに爽《さわ》やかな気持ちになった。

「近ごろ、まれに見る元気な連中ですね？」

遠山が言った。

「おれも君も、子どものころはみんなああだったんだ。しかし、いつの間にか、つまんないおとなになっちまう。おとなになっても、少年の心が持っていられたらなあ」

「それは感傷《かんしょう》です。花井さんも年を取りましたね」

遠山は簡単に言ってのけた。

——感傷ではない。

いまのおとなは、子どもが生来持っている理想や夢をせっせとこわして、ミニおとなをつくりあげることに狂奔《きょうほん》している。

これはまちがっている。なぜかと聞かれてもわからないが、まちがっているということだけはわかる。

あの明るい顔をした佐織という少女を、片岡美奈子と同じ目に遭《あ》わせてはならない。どんなことがあっても守ってやらなければ。

――それがおれの仕事だ。

花井は自分に言い聞かせた。

6

竹中律子の家は、佐織が描いてくれた地図ですぐわかった。

幼稚園の隣の永楽荘アパートと同じ、木造二階建て、モルタルづくりの粗末なものである。二階の三号室に、竹中元子《もとこ》と表札が出ていた。

花井と遠山が来意を告げると、元子は二人に中へ入るようすすめた。

中は1DKなので、狭いキッチンのテーブルで向かい合って腰掛けた。

「美奈子さん、かわいそうなことしましたね。うちの子がファンだものですから、それは悲しんで、泣いてばかりいました」

元子は、三十を出たか出ないくらいの感じで、中学一年の娘がいるとはとても思えない。

「私、わるい男にだまされて律子を産んじゃったんですよ。そのまま男はトンズラ。しかたないから一人で育てました」

「それは大変ですなあ」

花井はお世辞でなく言った。

「私が夜いないものだから、男と遊び歩いて、不純異性交遊というのですか、古屋先生に呼び出されては、あんたの家庭教育がわるいって叱《しか》られます。だけどねえ刑事さん。ホステスが家庭教育なんてできますか？」

黙って聞いていると、元子は一人でとめどなく喋《しゃべ》りそうであった。

「律子さん、いないようですね」

「どうせ、そこらに遊びに行ったんでしょう」

元子は投げやりな口調で言った。

「きょう私たちが伺《うかが》ったのは、文選堂の間宮さんのことをお聞きしたいからなのです」

「ああ、あのハゲ」

「間宮さんは、ちょくちょく『ミミ』に行かれるそうですな」

「ちょくちょくというより、このところ、ほとんど毎晩ですよ」

「だれか、お目あてでもいるんですか？」

「いえ、別に。ただ、飲んで騒ぐだけ」

「ロリコン趣味とか聞きましたが？」

「あのひとは、女はだれでもいいのよ。それに、うちには若い娘はいないです」

「あなたも声かけられたことありますか？」

「ありますよ。でもお断りしました。私の趣味じゃないから」

「それにしても、よく金がつづきますね。クラブというんだから、そうお金も安くはないんでしょう？」

「場末《ばすえ》の安クラブだけど、毎晩だったらかなりになるわね。でも間宮さんの飲み代はただだから」

「どうしてですか？」

遠山が、テーブルに身を乗り出した。

「だって部長の許可をもらってるんだもん」

元子は、いつの間にか、クラブで喋《しゃべ》っているような調子になった。

「部長って、だれですか？」

「あら知らないの。うちのクラブはACグループの持ちものなのよ」

「ACグループってのは、クラブの経営までやってるんですか？」

「ちがう、前の経営者が金を借りて乗っ取られちゃったのよ」

「そういうことですか」

花井は何度もうなずいた。

「『ミミ』で働いているバーテンだかボーイだか知らないけど、その男たちもACグループの社員ですか？」

「そう。社員っていや聞こえはいいけど、中味は暴力団よ」

「部長もときどき来るんですか？」

「全然。電話はよくかかってくるけど、顔はほとんど出したことないわね」

「間宮さんは、なんで部長とそんなに仲がいいんですかね？」

「さあ、文房具のほかにヤクでも売ってんじゃない？　これは冗談《じょうだん》だけど。とにかく、あのおやじはなぜか特別扱いよ」

「ヤクですか……」

遠山が表情をこわばらせたので、元子はもう一度「冗談よ」と言った。

文房具と麻薬……。

これは案外盲点かもしれない。

「間宮さんは競馬も好きだそうですね？」

「女よりも馬の方が好きなのは確実ね。あしたも行くんだって。ところが、その相手がおどろくじゃない。だれだと思う？」

「わかりませんな」

「律子の学校の古屋先生。私、電話してるのちらっと聞いちゃったけど、生徒には、ちょっと遊んだとか言って文句つけるくせに、自分は競馬だもんね」

「競馬がわるいとは言えないけど、二人は仲がいいんですか？」

「さあ、それは知らないけど」

「ところでバーテンの二人ですが、泊まっているのはどこですか？」

「幼稚園の隣のアパート。みんな追ん出しちゃって、いまは四人泊まってるはずだわ。でも、このごろ幽霊が出るんだって言ってたわ」

「幽霊？」

「夜中に廊下を歩く足音がしたり、女の泣く声がしたり、たしかきょう、霊能師ってのが来て、霊を鎮《しず》める祈禱《きとう》をしたらしいわよ」

「それで……？」

「知らない。だってこれから店に出るんだもん」

「こんや店に出たら、二人からその様子を聞きだしてくれませんか。それから、私らが来たことは、くれぐれも言わないようにおねがいします」

「いいわよ。それよりこんや来てみたら？」

元子は頭の方も単純らしい。

「いや、私らは顔を知られていますから、そうでないのを行かせます。中野《なかの》と言いますから、適当にあらナーさんしばらくとか言って調子を合わせてください」

「任しといて」

元子は営業用の顔になった。

「頼りにしています」

クーラーのないアパートは暑い。扇風機はまわっていたが、三十分いただけで、二人は汗びっしょりになった。

「中野って人が本庁にいるんですか？」

アパートを出ると遠山が聞いた。

「でたらめさ。おれが住んでるところだよ」

遠山がおかしそうに笑い出した。

「こんやは、安藤が来そうな予感がする」

「私もそう思います」

遠山も同調した。

「三谷《みたに》君に行ってもらうかな。彼なら面《めん》が割れてないから」

「三谷さんなら男前だし、元子が惚《ほ》れちゃうんじゃないですか」

「それより君はどうだ。決まった女性はいるのか？」

「大学時代からつき合ってる女性はいるのですが、刑事ということで向こうが躊躇《ちゅうちょ》しているようです」

「まだ実状を知らないからためらってるんだ。知ったら絶望だと覚悟しろ」

「そうなったら、職業を替えるか、女を替えるかですよ」

花井は舌打ちしたくなったが我慢した。


捜査本部に戻った花井と遠山は、きょうの聞きこみの結果を、捜査主任の杉崎に報告した。

「文房具屋のおやじと、ACグループの部長がドッキングしたというのは非常に面白い。こんやは、君が言うように三谷君を『ミミ』に行かせよう」

「あそこがACグループに乗っ取られたことはご存知でしたか?」

「知っている。あのグループはこのあたりの土地を強引に買《か》い漁《あさ》っている。そのたびに署の方に泣きつかれるんだが、われわれは民事不介入《みんじふかいにゅう》の原則をどうすることもできんのだ」

「こんどはやれますよ。誘拐《ゆうかい》の現行犯《げんこうはん》ですから」

「あのワルガキどものやりそうなことだ」

杉崎は伸びかけの鼻ひげを人差指でこすった。

「しかし、痛快な連中ですよ」

「痛快過ぎて手に負えん。こんどの校長も一日一善なんて言われていい気になったのはいいが、おとなどもはみんな悲鳴をあげてるらしい。しかも、善いことをするというのだから止めろというわけにもいかん」

「主任も解放区のときは、ひどい目に遭《あ》わされたそうですな？」

「ひどいなんてもんじゃない。天下に恥をさらしてしまった。クビを覚悟したよ」

「しかし、おとなにいたずらをするのは楽しいものです。私も小さいときはよくやりました」

「君は他人《ひと》ごとみたいに言うが、君だって、いつあのワルガキにやられんともしれん。気をつけてつき合うことだな」

杉崎が子どもたちのことを話すとき、ひどい目に遭ったと言いながら、不思議に懐しそうな表情をしていた。

「しかし、老稚園《ろうちえん》はなんとか開かせてやりたいです」

「そうだな。あさっての開園式だけは絶対守ってやろうや」

「ところで、学校の古屋の方の聞きこみはどうでした」

「それが、八月七日に古屋は追分《おいわけ》で片岡美奈子と会っている」

「ええッ」

花井は絶句した。

「古屋は八月五日から八日まで蓼科高原《たてしなこうげん》のペンションに泊まっているんだ」

「一人で？」

「いや、親子三人でだ。これは調べてみたから事実だということは判明した」

「被害者に会ったときも三人ですか？」

「いや、そのときは一人で車を運転して行ったと言っている」

「なぜ、被害者が一人のときを狙《ねら》って行ったのでしょうか？」

「それは偶然だと言っている。古屋の話によると、一日から八日まで合宿していることを思い出したので陣中見舞《じんちゅうみま》いに出かけた。そうしたら、被害者が一人で留守番していたというわけだ」

「それはちょっと……。どうして古屋が追分に行ったことがわかったのですか？」

「徳田《とくだ》君に追分まで行ってもらって、古屋と間宮の顔写真を見せてまわったんだ。そうしたら、駅前のコーヒー屋の主人が、この人なら女学生といっしょにコーヒーを飲みに来たと言ったのだ。それで古屋にあたってみたんだ」

「なぜ、それを早く言わなかったのか。おかしいじゃないですか？」

「言って疑いをかけられるのが怖《こわ》かったと言っている」

「古屋が来たことを、なぜ被害者は他《ほか》の者に話さなかったんですか？　それが納得で

「それは、おれも疑問を持った。古屋は、それについては、彼女にこう言ったと言っている。君一人のところに自分が来たということになると、余計な誤解を招くことになるから、みんなには黙っていた方がいいと」

「それはおかしい。そんなことは理屈になりません」

「そう思って突っこんだんだが、頑《がん》としてそう言い張るのだ」

「間宮と古屋は、あす競馬に行くと言っています。容疑者はどうやらこの二人にしぼられそうですな」

「どちらかが、万引きをネタに脅迫《きょうはく》して肉体関係を結んだのだ」

「それにまちがいないと思います。きたねえ野郎たちです」

花井は、またしても怒りがこみあげてきて止まらなくなった。

6　大捕獲作戦

1

九月十四日、日曜日。

あすが敬老の日、老稚園《ろうちえん》の開園式を行うということで、その準備のために佐織《さおり》の仲間たちが朝から続々と集まって来た。

いままであった、幼児用の椅子《いす》や机はもういらないのでみんな処分してしまった。運動場の砂場、ブランコなどは、そのまま残した方がいいという意見が大半を占めたので残すことになった。

瀬川《せがわ》も、隣のアパートの石坂《いしざか》さよもやって来た。

「上のお二人さんはどうしてる?」

瀬川が聞いた。

「いまごろはぐっすり眠りこけてるんじゃないかい。ゆうべはいろいろといたずらしてやったから」

　さよの表情は、以前とくらべるとすっかり明るくなっている。

「きのうは何時ごろ帰って来た?」

　相原《あいはら》が聞いた。

「十二時過ぎだったかね。帰って来てすぐテレビをつけたから、ほら、あんたたちが言ったとおりにスイッチを入れてやったのさ。そうしたら、ぎゃあッと言って階段を駆けおりて来たよ。あれをやると、いったいどういうことが起こるんだい?」

「テレビってのはね。近くで強い電波を出すと、そっちの絵が映っちゃうんだよ。だから、おばあさんが押したとたん、向こうのテレビに幽霊の絵が出たんだよ」

　谷本が説明したが、さよはわかったようなわからないような顔で、

「面白いおもちゃだね、階段をおりて来たから、ほら、あんたたちの作った猫《ねこ》の縫いぐるみ。顔にべったり赤い絵の具を塗って、歯をむき出したやつ。あれを天井から逆《さか》さにぶら下げてやったのさ。そうしたらなんとほんとに腰を抜かしちゃったよ。近ごろのヤクザはだめだねえ」

　英治《えいじ》はこらえきれなくなって吹き出した。相原も谷本《たにもと》も久美子《くみこ》もみんな笑っている。

「そこで私は、何くわぬ顔で出て言ったのさ。騒がしいね、どうしたんだいって。すると二人ともがたがたふるえながら、幽霊、幽霊って、うわごとみたいに言うんだ

よ」

「それでおばあちゃんなんて言ったの？」

「幽霊が出るのは、お前たちの心がけがわるいんだよ。これでも飲んでぐっすり寝なって、睡眠薬の入ったお酒を飲ましてやったら、喜んで、ばあさんありがとうって二階へ上がって行ったよ」

「あんたは根っから親切なんだよなあ」

瀬川がまじめな顔をして言ったので、また笑い出してしまった。

「そうなのよ。やっぱり人に親切すると、あとで気持ちいいわね」

「ねえ、私オトリになろうと思うんだけど」

突然久美子が言い出した。

「オトリ？」

相原が聞き返した。

「文選堂《ぶんせんどう》でわざと万引きしてつかまるのよ。そうすると、あのおやじがどうするかわかるじゃん」

「それはいいアイディアだけど、ちょっとヤバイな。へたすると片岡《かたおか》先輩の二の舞いになるぞ」

「私、きのうずっと考えたんだ。あそこで万引きするだろう。そうすると、きっとあのおやじが脅《おど》かす。家に言いつけるぞって。私は泣いて謝る。そうすると、じゃあおれの言うことを聞くか？　はいなんでも聞きます」

「問題はそれからだ」

「私、あいつか古屋のどっちかしかないと思うんだ」

「うん」

相原がうなずいた。

「そこで、会うのはひとみんちの〝玉すだれ〟がいいって言ってやるんだ」

「〝玉すだれ〟は前に体育のトドを引っ張りこんでこてんぱんにやったことがあるから、警戒するんじゃないか」

柿沼《かきぬま》が言った。

「文選堂のおやじは知らないもん。古屋だって、あのことは知らないよ。知ってんのは教頭だけじゃん」

「よし、そこでいよいよというときに、おれたちが出て行けばいいんだな？」

安永《やすなが》はもう腕をしごいている。

「さっき、律子《りつこ》に会って聞いたら、きのう『ミミ』に文選堂のおやじと部長が行ったって。そこで、おやじは部長にずいぶんしぼられてたらしいよ」

「何をしぼられてたのかな」

安永がつぶやいた。

「借金だよ」

「そうか、おやじはそのために何かしなくちゃなんないんだ。そうか、ロリコンというのは、おやじじゃなくて、部長かもしれねえぞ」

「安永、日曜は冴《さ》えてんな」

相原に冷やかされて、

「おれは、授業以外は冴えるんだ」

「久美子のオトリ作戦は、危険はあるけれどおれは賛成だ。そのかわり、絶対、〝玉すだれ〟でなくちゃいやだと言えよ」

「うん」

中尾《なかお》が言うと久美子がうなずいた。

「そのあとどうやるかは、あとでみんなで考えよう」

「きのう、やはり安藤《あんどう》は『ミミ』にあらわれたそうだ。三谷《みたに》君が言っていた」

花井《はない》は、さっきから黙々と歩いている遠山《とおやま》の横顔を見た。

日曜でもデートの約束もできない。これでは不機嫌《ふきげん》になるのも無理はない。

「文房具屋の間宮《まみや》が、安藤にしぼられとったそうだ」

「収穫はそれだけですか？」

「定次《さだじ》と光雄《みつお》の二人を、草の根分けても捜し出せとハッパかけとったそうだ」

「まだ逮捕されたことに気づいてないんですね」

「知らん」

「あの二人、自白《じはく》しましたか？」

「聞かないことまで、ぺらぺら喋《しゃべ》った」

「それなら、いつでも安藤をパクられるじゃないですか？」

「そうだ。しかし、二、三日泳がせるというのが約束だからな」

「そんなのんびりしたことやってると、あすの老稚園《ろうちえん》の開園式が危ないですよ」

「おれも、それを心配してるんだ」

「あれから、脅迫《きょうはく》はしてないんですか？」

「してない。なんといってもあの二人が消えちまったから、びびってるんだろう」

「しかし、何もやらないとは思えません」

「やるだろうな。ACグループの力を誇示《こじ》するためだ。あいつら、そういう奴《やつ》なんだ」

「間宮はきょうどこですか？」

「普通なら競馬のはずだ。一応尾行しているから、本部の方へ報告があるだろう」

「きのう、安藤にそれだけしぼられながら、競馬に行くとは思えません。もし行くとしたら、別の目的があるんじゃないでしょうか？　競馬好きと言いながら、競馬場でだれかと接触するとか……」

「君はヤクのことを言っているのか？」

「ええ。競馬好きというのはカムフラージュのためではないかという気がしてならないんです。こういう思いこみはよくないですか？」

遠山のきょうの服装は、ジーンズにダンガリーシャツだ。これなら刑事と思う者はいないだろう。

「いや、そういう発想ができるのは、君の頭がやわらかいからだ。羨《うらや》ましいよ」

古屋の家は、荒川《あらかわ》をわたって足立《あだち》区《く》のはずれにある公団の団地である。

古屋は家の前の道路で、赤い小型の車を洗っていたが、二人の顔を見ると、一瞬、不安そうな目をした。

「日曜日だというのに、わざわざこんなところまでお出かけですか。刑事さんもたいへんですな」

「日曜でないと、ゆっくりお話しできないと思いまして」

花井がさりげない調子で言った。

「それじゃ、近くの喫茶店に行きましょう」

古屋は、洗車を途中で止めると、いったん三号棟《とう》に入り、すぐに赤いポロシャツに着替えて出て来た。

団地の近くに、真っ白い外観の明るい喫茶店があった。古屋はそこへ二人を案内した。

「九月五日のアリバイは、別の刑事さんにお話ししましたよ」

古屋は、コーヒーをブラックのまま口にした。

「聞いています。あの夜の先生のアリバイは完璧《かんぺき》です。その点については一点の疑いも持っていません」

花井は、いくらかオーバーに言った。

「すると、わざわざおいでになった用件はなんでしょうか？」

「文選堂の主人間宮氏のことを少々お聞きしたくてまいりました」

古屋は、コーヒーカップを口につけたままうなずいた。

「ほんのたまにですが、あそこで万引きしてつかまる子どもがいます。そういう場合は私の方に知らせてきます。注意してくれと言って。片岡美奈子の場合と同じです」

「それだけのつき合いですか？」

花井は、古屋の目をのぞきこむようにして見た。古屋は目をそらした。

「と言いますと……」

「かなり親しい仲だということを聞きましたが……」

「それは、ときどき酒を飲んだりということでしょう。そのくらいのつき合いをしていたからといって、別にやましいとは思いませんが」

「別に、文房具屋からリベートを取っているというのではありません。それはまあいいでしょう」

古屋は、かなり冷えた店内なのに額《ひたい》の汗を拭《ふ》いた。

「片岡美奈子のことですが、先生は、なぜ彼女の相談に乗ってやらなかったのですか？」

「別に相談なんか受けていませんよ」

「いいえ、片岡美奈子は、死にたいという手紙を先生に出しています。理由は妊娠です。それに対して先生は、中絶しろと言いました」

古屋は何も言わない。

「そこで先生は、美奈子が中絶するものと思った。ところが突然産むと言ったのです。これには先生はおどろいた」

「何を根拠《こんきょ》に、そんなでたらめなことを言うんですか。私はそんなことは知らない」

古屋は憤然と席を立とうとした。

「どうぞお帰りください。ただ、これだけは言っておきます。先生の一言《ひとこと》で、彼女は命を落とさなくてすんだのです」

花井は、逃げるように喫茶店を出て行く古屋の背中に向かって、投げつけるように言った。

「あんなことを言う根拠があるんですか？」

遠山が呆《あき》れたような顔をして聞いた。

「被害者のあの手紙は古屋にあてたものだよ」

「しかし、古屋にはアリバイがあります」

「だから、古屋はあの手紙を間宮にわたしたんだ。というより売ったんだ」

「証拠《しょうこ》は？」

「そんなものはない。しかし、そうとしか考えられんじゃないか」

「それはそうかもしれませんが、ちょっと強引《ごういん》過ぎると思いませんか？」

「たしかにそうだ。しかし、このくらいの揺さぶりをかけんと、奴《やつ》らは尻尾《しっぽ》を出さん」

「それにしてもやり過ぎだと思います。もし古屋が全然シロだったら、逆にやられますよ」

「そのときはそのときさ。責任は全部おれがとるから、君は心配せんでいい」

花井が警察官になったころには、もっと強引なことをやる刑事がいた。そういう連中はみんな退職して、小利口《こりこう》でミスをしないサラリーマン刑事ばかりになってしまった。

刑事がサラリーマンになって、わるい奴を挙げることができるかっていうんだ。

2

九月十五日、敬老の日。

銀の鈴幼稚園の門柱は、戦争で焼けて建て直したとき、大谷石《おおやいし》でつくった。ただし、戦前の表札だけは、疎開《そかい》しておいたので、焼け残った。それをそのまま使っていたので、文字はほとんど読めなかった。

しかしきょうは、新しい檜《ひのき》の板に、墨くろぐろと、銀の鈴老稚園《ろうちえん》という表札がぶら下っている。

文字は園長の父親の重男《しげお》が書いた。七十四歳だが、文字は力強さのみなぎった達筆である。これなら、あと五十年はもつとだれかが言った。

園舎も古びてはいるが、きょうは赤白のまん幕でおおい、いたるところにモールが飾ってあるので、まるで花電車を見るようである。

募集人員は五十名としたが、宣伝はポストに放りこんだお粗末な案内だけで、あとは口コミと、新聞報道などで、たちまち百名を超えてしまった。

入園テストは子どもたちが行った。テストというのは、やられるよりやる方がはるかに面白い。

みんな試験委員になりたいのだが、そうもいかないので、抽《ちゅう》せんで五人がなることになった。

委員長はもちろん、園長である。

まず聞くことは、自分の氏名・住所・生年月日・電話番号・家庭状況だが、これが全然言えないのがいる。

ボケもひどいのになると、家から老稚園の往復もできないから、つき添いでもない限りは入園させることはできない。

自分の子どもの場合は、車で塾の送り迎えは当然みたいにやるのに、老人となるとやるというのはいない。

そのつぎに選ぶ基準は独居老人にした。園長の話によると、現在わが国の独居老人の数は百万人をこえ、そのうち八割は女だそうだ。

独《ひと》り住《ず》まいの理由は、八割が夫または妻との死別。子どもは七割の老人にいるが、家が狭い、子どもの仕事の関係、親子・嫁姑《よめしゅうとめ》の不和という順である。

条件にあてはまらずに不合格にしたため、なんとか入れてほしいと泣かれたのには、試験委員の子どもたちも面くらってしまった。

「落とすのはかわいそうだから入れてやろうよ」

そういう者もいたが、現在のところ五十人以上は収容しきれない。

泣き出す老人に、試験委員の子どもたちが困り果てているのがおかしかった。

その日新入生五十人は全員式場に集まり、園長の挨拶《あいさつ》となった。

敬老の日に老稚園《ろうちえん》の開園ということで、テレビや新聞社が何社も取材にやって来た。

子どもたちは式場に入ってもしかたないので、運動場につくられた模擬店《もぎてん》で、タコ焼きやアイスクリーム、ジュース、焼きそばなどをつまんでいた。

この模擬店はこの地区のお母さんたちが、敬老の日ということで開いたのである。

ほんとうは、老人のためのもので、子どもは食べていけないことになっているが、英治たちは特別である。

英治と相原がタコ焼きを食べていると、矢場《やば》がやって来て二人の肩をたたいた。

「君たち、とうとうやったな。すごいよ、えらいよ、立派なものだ。君たちみたいな少年がいる限り日本の将来は明るい。すばらしいものになる。なにかテレビに向かって喋《しゃべ》ってくれないか」

矢場は二人にマイクをつきつけた。

「矢場さん、あんたはいつもオーバー過ぎる。こういうときはすっとんで来るくせに、困ったときは全然助けてくれない。おれたちは、あんたのことを全然信用してないんだ」

英治と相原がくるりと背を向けると、

「みなさん、これだけのことをやりながら、少年たちは照れて語ろうとしません。なんでも自分の手柄《てがら》にする代議士と、なんというちがいでしょうか？」

矢場はマイクに向かって勝手に喋《しゃべ》っている。

「言うならこれを言ってくれよ。いま、この老稚園《ろうちえん》をつぶそうとする悪い連中がいる」

突然安永が言ったので、矢場は思わずマイクを向けた。

「どうして、そんなことをするんですか？」

「そりゃ、こんなものぶっこわして何か建てるのさ。そいつらの名前をおしえてやろうか？」

「ちょっと待って」

矢場はマイクを切ってしまった。

「テレビは社会の公器ですから、そういう固有名詞を勝手に言ってもらっては困ります」

ふたたびマイクのスイッチを入れた矢場は、

「では、式場の方に行ってみたいと思います」

と言いながら、テレビカメラといっしょに式場へ入って行ってしまった。

「刑事が来てるぞ」

中尾に言われて指さす方を見ると、目立たぬところに、花井と遠山がいた。

宅配便だといって、段ボール箱が届けられた。

きょうは敬老の日のせいか、近くのスーパーや店からのプレゼントがいっぱい山積みになっている。

相原は、段ボールに貼《は》ってある紙を見た。そこには園長様とあり、差出人は東京都知事になっている。

「おかしいな。都知事が宅配便なんて」

相原は、段ボール箱に耳をつけた。

「何か聞こえるか？」

英治が聞いた。

「生きものが動いている感じだ」

英治も耳をつけた。たしかに、中で変な音がする。

「おい配達人を呼び止めろ」

安永が宅配便の配達人を呼び止めた。相原は配達人に段ボール箱をわたして、

「すまないけど、この段ボール箱をあそこのアパートの二階十二号室に届けてくれないかな。そこが園長の自宅なんだ。いま家にはだれもいないから、ドアの前に置いといていいよ」

配達人は段ボール箱を持って、隣のアパートへ入って行った。

「はたして何が起こるか……？」

相原が英治の顔を見る。

「送り主は部長かな？」

「きっとそうだと思う」

「中味はなんだ？」

「あければ、みんながあっとおどろくものだと思う」

「それだったら、面白いことが起こるぞ」

入園式を終えた老人たちが運動場にぞろぞろと出て来た。

「ではみなさん、輪になって手をつないでください。男の人と女の人と交互になってください」

スピーカーから若い女性の声が流れた。その女性は幼稚園の先生がそのまま老稚園《ろうちえん》の先生になったのだ。

「いまから音楽が鳴りますから、最初は右まわりに歩いてください。手はつないだままでですよ」

軽く明るい、幼稚園の音楽がスピーカーから流れはじめた。輪がゆっくりと動き出す。

運動場で見ている人たちが、いっせいに拍手する。三回まわったとき、またスピーカーから女性の声がした。

「はいお上手でした。こんどは左まわり」

老人たちの大きな輪が、向きを替えて動き出す。

「いい光景だなあ」

花井は、運動場の隅《すみ》から微笑《ほほえ》ましい思いで眺《なが》めていた。

ただ神経だけは、いつ攻撃をしかけてくるかしれないACグループのことで張りつめていた。

「これだけ人がいたんじゃ、まさかやらんでしょう」

遠山はいくらか投げやりな調子で言った。

「いや、やる」

それは花井の確信に近いものであった。

そのとき突然、隣のアパートの二階で、男の悲鳴とも絶叫ともつかぬ声が聞こえた。

花井はアパートに向かって走った。入口は一号室の脇《わき》で、二階に上がる階段は中ほどにある。

男の悲鳴はなおもつづいている。階段の中ほどで、上から駆けおりて来る二人の男に出遇《であ》った。

「どうした？」

「へび、へびだ」

「へびがどうした？」

花井と遠山が階段を上がると、二人の男がおそるおそるついてくる。

ドアの前まで来ると、背の高い方の男が蒼《あお》い顔をして、

「その部屋の中に、へびがうじゃうじゃいる」

「どうして、へびがいるんだ？」

「都知事が宅配便で送りつけやがった」

「都知事が、お前たちになんでへびを送りつけたんだ？」

「知らん。とにかく、部屋の中はへびだらけだ」

花井は、ドアをそっとあけて中をのぞいた。たしかに、真ん中に段ボールの箱があり、そこからへびが這《は》い出ていた。

花井もへびは好きでない。すぐにドアを閉めてしまった。

「これは何かのたたりだな」

「頼む。その話はしないでくれ」

背の高い男は耳を押さえた。

「何をそんなに怖《こわ》がっとるんだ？」

「あんたらだれだ？」

もう一人の男が言った。

「わしらは警察の者だ」

花井は警察手帳を見せて、背の高い男に、

「お前の名前は」と聞いた。

「土屋祥一郎《つちやしょうぃちろう》です」

「お前は」

「前田満《まえだみつる》です」

「お前たち、部長から何か命令されたろう？　あの老稚園《ろうちえん》に何かやれと」

「言われました」

祥一郎は、へびのショックが相当効いたらしい。

「老稚園でひと騒ぎあったら、発煙筒《はつえんとう》を投げこめって」

「ひと騒ぎだと？　たしかにそう言ったのか？」

「へい」

——そうか。

奴《やつ》らは、このへびを老稚園に送ってひと騒ぎさせるつもりだったのだ。

それにだれかが気づいて、ここに運んだにちがいない。

——子どもたちだな。

おとなは、こういう盲点《もうてん》に気づかないものだ。

「お前たちこれからどうする？」

花井が聞いた。

「このアパートにいると霊に取《と》り憑《つ》かれて命を落とすと言われました。もうここは出ます」

「逃げたらやられるぞ」

二人は顔を見合ってうなずいた。

「警察で保護してやる。それがいちばん安全だ」

「留置場《りゅうちじょう》ですか？」

「それ以上安全なところがあるか」

「そうだな。じゃあ、入れてもらうか」

満が言うと、祥一郎もそうしたいと言った。

こんな連中を花井はかつて見たことがない。

「君、いっしょについて行って、このお客を大切に取り扱うように言ってくれ」

遠山にそう言ってから、目をつぶって合図した。

「あの、もうじき部長から電話がかかってくるんですが……」

満が言った。

「いいよ、おれが出てやるから」

「そうですか。じゃあ、おねがいします。電話は一号室です」

二人は、遠山について素直にパトカーに入って行く。

花井は無性《むしょう》におかしくなった。一号室に入っても、まだ笑いが止まらない。

電話が鳴った。

「おい、隣はうまくいったか」

この声は安藤慎吾の声だ。

「へい。楽しそうにやってます」

「てめえ、満じゃねえな。おめえだれだ？」

「あっしは満のダチでやんす」

「満はどうした？」

「満と祥一郎は近くでパチンコやってます。部長から電話があったら、何もかもうまくいったから、よろしく言っといてくれと言われました」

「うまくいったと言ったんだな」

「へい」

「そうか。そいつはご苦労さんだった」

電話が切れた。

花井はまた笑いがこみ上げてきた。アパートの出口までやって来ると、瀬川《せがわ》と出会った。

「さっき、二階で妙な声が聞こえたもんで……」

瀬川が言った。

「ああ、あれ。あれはへびだよ。だれかが宅配便で送りつけたもんだから、連中、おどろいて逃げ出しちまった」

「中味はへびだったんですか？」

「こっちへまわしたのはじいさんか？」

「いや子どもです。私じゃ、そこまで頭がまわりません」

瀬川はにやっと笑ってから、

「へびなら、私がもとにおさめて、贈り主に返しましょう」

それがいい、と花井は危うく言いかけるところだった。

3

「じゃあ行くよ」

校門の前で、久美子が英治と相原に言った。

「頼む。その前にマイクのテストをしてみよう。五十メートル離れたら何か言ってくれ」

久美子のブラジャーに、小型のマイクとテープレコーダーが入れてある。どちらも谷本《たにもと》がわたしてくれたものである。

「あたし、かわいい？」

久美子の声がFMラジオに明瞭《めいりょう》に聞こえた。二人そろって頭の上で○をつくった。

「好き？」

また二人同時に、頭の上で○をつくった。

久美子は、にっこり笑って背中を向けた。そのあとを二人がつけて行く。

文選堂の前までやって来た。久美子は、ちょっと振りかえって、二人を見てから中へ入って行く。

英治は、自分が入るのではないのに、胸がどきどきして来た。

しばらくは何も音が聞こえない。英治と相原は、文選堂から少し離れた街路樹の蔭《かげ》で腰をおろした。

「きのうの宅配便、中味はなんだったと思う？」

相原が聞いた。

「知らねえ」

「へびだって。何十四も入ってたってよ」

英治は聞いただけで鳥肌《とりはだ》が立ってきた。

「あれあけたら、えらいことになるところだったな」

「いやがらせさ。そのへびが十二号室をにょろにょろ這《は》いまわるんで、あの二人とうとう逃げ出しちゃったって」

「どこへ……？」

「警察の留置場《りゅうちじょう》だってさ。そこがいちばん安全だから」

英治は緊張がゆるんで笑い出してしまった。

「じゃあ、あの部屋にまだへびがいるのか？」

「瀬川のおじいさんがみんな集めて、もとどおり段ボールにおさめたってさ」

「すっげえなあ」

英治は、あらためて瀬川を見直した。部屋中何十四もいるへびをつかまえるなんて、とても人間業《にんげんわざ》とは思えない。

『ちょっと、ちょっと』

突然、ラジオから文選堂のおやじの険しい声が聞こえてきた。

『なんですか？』

久美子の声だ。とぼけている。

『いま、バッグに入れたろう？』

『いいえ』

『うそを言っちゃいけない。わしはちゃんと見ていたんだ。奥へ来てもらおうか』

「うまくつかまったぞ」

英治と相原が顔を見合わせた。

『バッグをそこにあけてもらおうか。……ほら、ノートに、サインペン、下敷……。これでも何もやらなかったというのか？』

『すみません。ついなんとなくやってしまいました。これみんな返しますから許してください』

『万引きしておいて、ばれたら返す。ばれなきゃそのまま持ち帰る。それはないよ』

『それじゃ弁償します』

『だめだね。万引きをするという根性《こんじょう》がいかん。警察に電話して、おまわりさんに引き取りに来てもらう』

『ええッ』

久美子は派手におどろいている。

『そうすると、どうなるか知ってるか？』

『知りません』

『まあ少年院行きだな』

『少年院？　そんなところへ私行きたくありません』

『行きたくないと言っても、わるいことをしたんだから行くしかないだろう』

「少年院だなんていい加減なこと言いやがって。おれたち十三歳以下は、いくら非行をやっても教護院《きょうごいん》（現在の児童自立支援施設）送りなんだ」

「教護院と少年院とどうちがうんだ？」

「少年院には、鍵《かぎ》や鉄格子《てつごうし》があるけど、教護院にはそれがないし、敷地内に学校もある。だけど外出は月に一度しかできないし、面会も月に一度、親と親類だけ認められてるんだから、楽しいところじゃないよ」

『私、少年院へ行くなんていやです。行きたくありません』

『じゃあ、君の親と相談しよう。電話番号をおしえなさい』

『うちの親にそんなこと言ったら殺されます。おねがいですから言わないでください』

久美子は、いまにも泣き出しそうな、ブリッ子の演技をしている。

『じゃあ、いったいどうしろと言うのかね』

おやじの口調がねちっこくなってきた。

『どうしたらいいかおしえてください』

『話の次第によっては、許してやらんこともない』

『ほんとですか？』

久美子の声が明るくなった。

『ほんとだ。わしはうそはつかん』

『なんでも言うことをききます』

『そうか。じゃあ、あすわしとデートしよう』

『デート？』

『デートといっても、ただ歩くだけじゃつまらん』

『何をするんですか？』

『男と女のやることさ』

『Aですか？』

『ちがう』

『じゃあB』

『ちがう。Cだよ』

『私、まだCなんてやったことありません』

『君も女だ。どうせいつかはやることになる。ああいうことは早い方がいい』

『でも……』

『いやならいい。すぐ警察に電話するだけだ』

『いやです』

『警察もいや。Cもいや。それは虫がよ過ぎやしないか』

『では行きます。でも、私どうしてもラブホテルはいやなんです』

『ほう。じゃあ、どこがいい？』

『日本風の料亭なら』

『まるで芸者みたいなことを言うね』

『私、むかしから最初のときは、そういうところでと決めていたんです。だから、それだけは聞いてください』

『いいよ。君の言うことを聞こう』

『じゃあ、この近くで川べりに建っている〝玉すだれ〟にしてください』

『ほう、しゃれたところを知っているな』

『あそこの前をよく通るんです。ああいうところなら……』

『よしよし。しかし、あそこは少し高いな』

『ケチ』

『わかった。〝玉すだれ〟にしよう』

『では、あしたの七時にしてください。その時間だと、塾に行ってる時間だから、家の人をごまかせるんです』

『よし、ではわしが先に行って待っているから、必ず来るんだぞ。もしすっぽかしたら、すぐ警察に言いつけるからな』

『わかりました。必ず行きます。そのかわり、だれにも絶対秘密にしてください』

『もちろんだとも』

『では、きょうはこれで帰していただけますか？』

『いいよ。じゃあ、あした必ずだぞ』

おやじは執拗《しつよう》に念を押している。

『失礼します』

ここでラジオは切れた。

久美子がしおらしいかっこうで文選堂を出て来る。

英治と相原は、しばらくそのあとをつけながら、文選堂の見えなくなったところで追いついた。

「やったな」

二人が久美子の肩をたたいた。

「聞こえた？」

「聞こえた。バッチシさ。すげえ演技力だったぜ」

相原がいかにも感心した声で言った。

「ブリッ子ぶろうとしてさ、ずいぶん苦労しちゃった」

「あれなら完璧《かんぺき》なお嬢さんさ。いまごろあのおやじ、ウハウハ喜んでるぜ」

「あいつが、ああやって片岡先輩をやったと思うと、何度タマキンを蹴《け》り上げてやろうと思ったかしれないよ」

「あいつは本物の悪人だな。あしたの晩みてろ。徹底的に痛めつけてやるから」

相原は立ち上がって、空の一点をにらんだまま動かなくなった。

4

その日の夜七時、相原進学塾に生徒たちが集まった。

いつもとちがうのは、瀬川と片岡美奈子の親友水原由紀《みずはらゆき》がいることである。

まず久美子が、きょうの文選堂でのやりとりを録音したテープをみんなに聞かせた。

「さすがに久美子だ。おどろいたぜ」

男の生徒たちは、いっせいに久美子の演技を褒《ほ》めたたえた。

その中で水原由紀がしゃくりあげた。

「私もここにテープを持ってきたの。これは美奈子が私に宛《あ》てたものなの」

「そんなテープがあったんですか？」

英治と同時にひとみも言った。

「そうなの。実は美奈子って、とっても音楽が好きだったの。私も好きだからおたがいに交換したりして、百本くらいたまっていたわ。それを美奈子のお母さんが、美奈子の形見《かたみ》だと思ってもらってって言ったのよ」

みんな、しんとなって由紀の話に聞き入っている。

「私はそれを全部本棚《ほんだな》に並べて、順番に聞いていったわ。聞いてると、そのときの美奈子のことが思い出されて泣けちゃうの」

ひとみと純子《じゅんこ》がすすり泣きはじめた。

「テープって、みんな曲のタイトルを書いておくでしょう。その中に一個だけタイトルのないテープが混っていたの。それがこれよ」

みんなの目がカセットテープに集中した。由紀はそれをラジカセにセットして、

「じゃあ、聞いて」

とスイッチを押した。

『由紀、あなたがこのテープを聞くとき、私はこの世にいないと思う。だから、これは私が由紀に話しかける最後の言葉……』

「遺書か？」

「しッ」

相原は天野《あまの》の口を指で押さえた。

『私が文選堂で万引きしたのは、なぜだか自分でもわからない。気がついたら、ノートと消しゴムがバッグに入っていたの……』

そのあとの経緯《いきさつ》は、久美子の場合とほとんど同じであった。

ちがうのは、夏休みになる直前に、美奈子は間宮に呼び出され、車に乗せられた。

そこでジュースを飲めと言うので飲むと、急に眠くなった。

気がつくとベッドの上で、横に男がいた。それが安藤慎吾だった。

安藤は、睡眠薬のせいか、からだの自由の利《き》かない美奈子を無理矢理おそい、これからもつき合えと言った。

美奈子は、困って生活指導主任の古屋に相談した。古屋は、困ったことがあったら、いつでも相談に乗ってやると言ったからだ。

古屋はしかし、それについて結論を出さなかった。

たしかに警察に言えば、安藤は逮捕されるかもしれないが、同時に美奈子の名前も発表され、父親の仕事にも大きい影響があるだろうと言った。

そんなことになったら、父親がどんなに怒り狂うかしれない。

美奈子は、どうしていいかわからなくなった。

八月一日になって、美奈子は軽井沢《かるいざわ》の合宿に参加した。ほんとうは行かなくてもいいのだが、東京にいたくなかったからである。

合宿に行くとき、古屋が七日の日に宿舎へ行くから、みんなといっしょに旧軽には行かず、一人で残るように言った。古屋は、合宿の最後の日に旧軽に行くことを本多《ほんだ》先生に聞いたらしい。

美奈子は合宿の間中、何度本多先生に相談しようと思ったかしれない。けれど、相談しても、どうなるものでもないと思うと言い出せなかった。

そして八月七日になった。美奈子が、具合いがわるいと一人で宿舎に残っていると、古屋がやって来た。

しかし、古屋の話は美奈子を仰天《ぎょうてん》させた。

古屋は、もう一度だけ安藤とつき合ったら、あとはきっと解決してやると言った。

もちろん、美奈子はいやだと言った。

すると古屋は、君をおそった男はヤクザなんだから、言うことを聞かないと、君のお父さんを脅迫《きょうはく》するかもしれないと言った。

美奈子は諦《あきら》めた。

八月九日、美奈子は永楽荘アパートの二号室に来るよう言われた。

安藤がやって来て、前と同じことが行われた。

すべてが終り、安藤がシャワーを浴びている隙に、美奈子は安藤の財布《さいふ》からカードを一枚抜き取り、二号室の壁紙の間に押しこんでおいた。

こうすることが、いつか、何かの役に立つのではないかと思ったからである。

安藤は、その後もまたつき合えと言ってきた。美奈子は古屋にもう死にたいと手紙を書いた。

古屋は、きっとなんとかするから、死ぬのだけは止《よ》せと言った。

美奈子は、もう古屋の言葉は信用しなかった。そしてはじめて、本気で死ぬことを考えた。

夏休みの終り、美奈子は古屋に電話して、妊娠したようだから、子どもを産むと言ってやった。

そう言えば、おどろくと思ったとおり、古屋は必死に説得を試みた。

『私はどうしても子ども産む。そして、先生も間宮も安藤もみんな破滅させてやる。

私がそう言ってやったら、古屋は何も言わずに電話を切ってしまったわ。こう言えば、どういうことが起こるか、私にも予想できたけど、でも私は言ってやった。だって、もう生きる気がしなくなったんだもん。さようなら由紀。あなたとこんな別れ方するなんて思ってなかった。あなたは幸せに、いつまでも生きてよ』

テープは終った。女子生徒のすすり泣きの声は号泣《ごうきゅう》にかわっていた。

英治も涙をこらえることができなかった。見ると、まわりのだれもが泣いていた。

「古屋は許せねえ！　それでセン公かよ！」

安永がどなった。

「そうだ」

みんなが応じた。

「安藤みたいな野郎は社会のダニだ。ぶっ殺しちまった方がいいんだ。おれがやる」

「安永、君の怒りはわかる。たしかに、安藤みたいな奴《やつ》はいない方がいい。しかし、君が殺してはいかん」

瀬川が静かに言った。

「だけど、おれまだ十四歳になってねえから、人を殺しても死刑になんねえんだ」

「それでもいかん。これは警察に任せるべきだ」

「それじゃ、おれたちは、これだけの目に遭《あ》いながら、オトシマエ一つつけられねえのかよお」

安永は獣の吠《ほ》えるような声を出した。

「少々痛めつけるのはいいが、殺してしまってはいかん」

「よし、じゃあ、あした安藤と文選堂をつかまえよう」

相原が言った。

「安藤はどうやってつかまえる？」

英治が聞いた。

「それはわしが呼び出す。あいつはきょう約束を守らないんだから、宅配便でへびを送り返してやった」

「おばあさんにアパートを返さなかったの？」

「うむ。あすわしが呼び出せば、必ず出て来る。そいつをつかまえるんだ」

「ライオン狩りみたいなもんだ」

日比野が陽気な調子で言った。

「古屋はどうする？」

英治が言うと、安永が、

「あんなの簡単さ。学校で吊《つる》し上《あ》げようや。先輩がやられたみたいに」

「それはまずい。いかに古屋が悪党でも、君たちが直接やったら警察に通報される。

それよりもっといい手がある」

「古屋に指一本触れられないなら、おれ我慢できないよ」

瀬川が言った。

安永はどうにも我慢できないという顔をしている。

「文選堂がひとみんちへ行ったら、まず酒を運ぶんだろう？」

柿沼がひとみに聞いた。

「まあ、そういうことになるね」

「絶対効く薬をあしたわたすからな。そのとき、こいつをとっくりか、ウィスキーグラスに入れりゃ、いちころでおねんねだ。ただし、十分たったら目が醒《さ》める」

「それからどうするの？」

ひとみが聞いた。

「ガムテープでぐるぐる巻きにして、三人のうちだれが片岡先輩を殺したのか白状させるんだ」

相原が言うと久美子が、

「私に一発蹴《け》りを入れさせてよ。さっきは大分いびられたんだから」

「私もなぐりたい！」

純子が手を挙げた。

「あんまりなぐったり蹴ったりして、からだに傷害《しょうがい》を残さん方がいい」

瀬川が言った。するとひとみが、

「じゃあ、残っている毛を一本一本引き抜いちゃうってのはどう？　これなら傷害は残らないでしょう」

「ひとみも言うねえ」

由紀がはじめて笑顔を見せた。

「おれ、ちょっとだけ古屋を脅《おど》かしてやるから、電話番号を聞かせてくれねえか？」

安永が言うと、相原が紙にメモして持って来た。安永はダイヤルをまわす。

「もしもし、古屋です」

という声がした。

「お前は片岡美奈子を安藤に売った。お前は人間じゃねえ」

安永はそれだけ言って電話を切った。

「どうだ。こいつは効くだろう」

「この次は、私にやらせて」

ひとみが言うと、ふたたびダイヤルをまわした。

「悪魔！　地獄へ行け！」

思いきりどなって電話器を置いた。

「先輩、カタキはきっと討ってあげるからね」

ひとみは唇《くちびる》をふるわせながら言った。

5

安藤慎吾は、いつものように朝九時に銀座の事務所に顔を出した。

こうすると、いかにもほんものの商事会社の部長らしい気がしてくる。

もちろん、秘書はそれより早く出社していて、着くや否《いな》やお茶を持って来る。

この秘書、銀座のクラブで見つけたので、顔はかわいいが、頭は少し足りない。そのうえ低血圧気味なので、朝のうちはぼんやりしている。

しかし、単なるアクセサリーとして置いてあるだけなので、これで十分である。

「宅配便です。あけてみましょうか？」

秘書が言った。

「うむ」

別に深くも考えないで返事すると、自分の部屋に入った。

会社とはいっても、別に事務員がいるわけではない。十時を過ぎると、若い者がやって来てごろごろしている。

部屋に入って間もなく、「きゃあッ」とすさまじい悲鳴が聞こえて、秘書が飛び込んできた。

「へび、へびです」

「へびがどうした？」

「あの宅配便の中、へびだらけです」

秘書はしゃがみこんだまま、からだをふるわせている。

――宅配便とへび。

敬老の日に老稚園《ろうちえん》に送ったやつを送り返してきやがった。

安藤もへびは嫌《きら》いである。だから送ってやったのだが、こうなると、だれかがへびをつかまえてくれるまで、この部屋から出るわけにいかない。

電話が鳴った。

「わしだ。きのうは約束を破ったな」

受話器をとると、例の男の声がした。

「信じたお前がばかなのだ」

「そうか、娘との交換はやめたのだな」

「娘はちゃんと家にいる。ガセを言いやがって」

きのう若い者にたしかめさせたのだ。しかし、アパートが空《から》っぽになって、四人がいないのが気にかかる。

「それがどうした？」

「欲しけりゃ、自分でやる」

「定次と光雄はどうだ？　それに祥一郎と満はどこへ行ったか知っとるのか？」

「あいつらは幽霊アパートが怖《こわ》くて逃げ出しやがった」

「お前もバカだな。おれが預かってるんだよ」

「もうお前のガセには乗らんぞ」

「うそじゃない。では声を聞かしてやる」

この野郎、いい加減なことを言いやがってと思ったとき、

「部長、定次です。光雄です」

という声がした。

「ほんとにお前たちか？」

「へい」

「よし、じゃあ、おれの秘書の愛称を言ってみろ」

「いっちゃんです」

こいつは定次の声色《こわいろ》をつかっているのではない。

「部長が迎えに来てくれなかったら、私らはサッに突き出されることになってます」

定次が心細い声で言った。こいつがこんなに情けない声を出すとは、よほど痛めつけられたにちがいない。

「サツに引っ張られても黙ってりゃいい。弁護士をつけてやる」

「いやです。私は全部喋《しゃべ》っちまいます」

「なんだと。光雄に替われ」

「へい、光雄です。私も喋ります。誘拐《ゆうかい》で十年もぶちこまれるのはいやです」

近ごろの奴《やつ》らときたら、ヤクザの根性《こんじょう》なんて、ひとかけらもないのだ。腹立たしさを通り越して情けなくなる。

「どうだい部長さん。連中はお前が迎えに来てくれなきゃ、お前に命令されてやっただけだと言うそうだぜ。ついでに美奈子をやったこともな」

美奈子を二号室でやったとき、あいつらはいなかった。それをなぜ知っているのだ。

――そうか。

あのとき、カードが一枚なくなって、おかしいと思っていたが、二号室に落としてきたんだな。それを奴《やつ》らがくすねやがった。

「わかった、話に乗る。そのかわり四人をこちらへ返してもらう」

「いいだろう」

「時間と場所は……」

「それはおれが決める。午後七時。永楽荘アパートの一号室。一人で来いよ。まわりはおれの部下が見張ってるからな。だれかつれて来たら、この話はないことにする」

「いいだろう」

これでは向こうの言いなりだが、この際しかたない。

「それまでに、アパートの登記《とうき》を元どおりにして来い」

「わかった。そうする」

これもいまはしかたないだろう。また機会を見て、あのばばあから取り上げればいい。

電話は一方的に切れてしまった。

また電話が鳴った。秘書が「間宮さんです」と言った。

「なんだ？」

「おや、きょうはご機嫌《きげん》がよろしくありませんな」

「そんなことはどうでもいいから、用件を早く言え」

安藤は大きい声を出した。

「例の若い娘です。やっと手に入れました。上玉《じょうだま》ですぜ」

「いくつだ？」

「十三です。こんやどうですか？」

「こんやはだめだ。それより、お前へびつかめるか?」

「へび? へびはだめです」

「それじゃいい」

安藤は受話器をたたきつけるように置いた。

打ち合わせは、昼の休憩《きゅうけい》に校庭の隅《すみ》の、ポプラの樹蔭《こかげ》で行った。

「けさの古屋見たか? すっかり落ちこんでたぜ」

天野が言った。

「きのうの電話がきいたのさ。ところで、釣に自信のある奴《やつ》手を挙げてくれ」

相原はみんなの顔を見まわした。宇野が真っ先に手を挙げた。つづいて天野が、

「うまいとはいええけど好きだぜ」と言いながら手を挙げた。

「こんやは、〝玉すだれ〟と永楽荘アパートの二手《ふたて》に分かれて捕獲作戦を行う」

「捕獲作戦?」

安永の表情が輝いた。

「こんやの午後七時。文選堂のおやじは〝玉すだれ〟にやって来る。その同じ時間に、安藤が永楽荘に来る」

「部長がか?」

「瀬川のおじいさんが呼んだんだ。おれたちは、同時にこれを捕虜にする」

「二人いっぺんに捕《つか》まえるなんて面白えな」

「そうだ、薬をわたさなくちゃ」

柿沼はひとみに小さな包みをわたした。

「おやじの方は眠らせちゃうからわかるけど、部長はどうするんだ？」

「だからさ、釣るんだよ」

「釣る？」

宇野は、相原の顔をまじまじと見つめた。

「瀬川のおじいさんは、アパートの一号室で安藤と会う約束をした。安藤は七時に一人でやって来る」

「うん」

「そのとき、宇野と天野の二人はアパートの入口の天井裏に隠れて、釣糸を垂れているんだ。そこへ安藤が入って来る。それをさっと釣り上げるんだ」

「そいつは大物釣りの針と糸を持って行かなくちゃなんねえな」

天野がつぶやいた。

「それもいるけど、糸と針は多いほどいい。それで、どこでもいいから引っかけて引っ張るんだ」

「じゃあ、必ずしも食いついてくれなくてもいいんだな？」

「耳でも鼻でもほっぺたでも、手でも洋服でも、なんでもいいから引っかけちゃえ」

「面白え。人間釣るのははじめてだ。やろうぜ」

宇野と天野は肩をたたき合った。

「そこで奴《やつ》はじたばたするだろう。そこを安永がうしろから近づいてズボンを脱がしちゃう」

「スッポンポンにしちゃうのか？」

「もちろんだ。暴れたらタマキンがつぶれない程度ににぎってやれ。そうして、日比野と中尾が、足から白いガムテープを巻きつけてゆく」

「おれは？」

安永が聞いた。

「上着とシャツも脱がして裸にしたら、両手を脇《わき》にそろえて、それもいっしょにガムテープで巻いてしまう」

「それじゃ、まるで、ミイラじゃんか」

中尾が言った。

「そうさ。ミイラにするんだ。これは文選堂のおやじも同じだ。最後は、顔に白ペンキをスプレーでぶっかけてやる」

「よし、引き受けた。おれに任してくれ」

安永が胸をたたいた。

「そのあとは、一号室に入れて、電話を〝玉すだれ〟とつなぎっぱなしにしてくれ」

「どうするんだ？」

「おやじをとっちめて自白させるのさ。それを安藤にも聞かせるんだ」

「おやじをいびるのは私にやらせてよ」

久美子が言った。

「痛めつけるのはいいけど、喋《しゃべ》らせるのが目的だからな」

相原は念を押した。

「わかってるって。いじめならまかしといてよ、そういうことになると、がぜん頭が働くんだ」

「私も思いっきりいじめてみたい」

ひとみが言った。

6

午後七時、文選堂の間宮は時間どおりに〝玉すだれ〟にやって来た。

ひとみの母親が離れに案内した。

「かわいい子が来てますよ」

「そうか」

間宮はよだれが垂れそうになって、思わず手で口を拭《ふ》いた。

ほんとうなら、安藤に提供するのだが、こんやは都合がわるいというので、間宮が試食してみることにしたのだ。

十三歳の女の子なんて、間宮にとってもはじめての経験である。年がいもなく、わくわくしてきた。

女将《おかみ》が持って来たグラスを一気にあけた。

「これは中国から仕入れた強精酒《きょうせいしゅ》ですから、効きますわよ」

「そうか、そんなに効くのか？」

たしかに効きそうな味がしたと思ったとたんに、がくんと眠くなった。

襖《ふすま》があいて、子どもたちが飛びこんで来たのはおぼえているが、それから、何がなんだかわからなくなった。

安藤は午後七時五分前、アパートの近くの公衆電話から一号室に電話した。

「はい」

あの男の声だ。

「おれだ。すぐそこから電話している」

「臆病者《おくびょうもの》！　電話しなきゃ来ることもできんのか」

臆病者と言われて、安藤はかっと頭にきた。

アパートに近づくと、一号室だけ明々《あかあか》と電気がついている。

「おれは、言われたとおり一人でやって来たぞ」

一号室に向かってどなってから、肩をいからせて入口を入った。一号室のドアがあいて、男が顔を出した。

「おう。来たな」

電灯を背にしているので顔はわからない。

安藤が一歩進もうとしたとき、突然耳に激痛をおぼえた。

何かと思って手をやると、手にも激痛をおぼえ、そのまま上に引き揚げられた。

顔を上に向けたとたん、無数の釣糸が垂れて、鼻と言わず、唇《くちびる》と言わず、顔から脇にかけ、あらゆる部分に釣針がひっかかり上へ引っ張り上げられる。

「助けてくれ」と言おうとしたが、唇にも釣針がひっかかって喋《しゃべ》ることができない。

だれかが、うしろから腰にしがみつきズボンを下までおろした。

だれかが足首に粘着テープを巻きつけているが、顔をおろせないので見ることができない。

　シャツが切られて、上半身も裸になった。左腕の内側と掌に接着剤みたいなものを塗っている。

　次の瞬間、左の脇腹《わきばら》にぴったりと押しつけられた。つづいて、右腕も同じように押しつけられたが、もう離すことができない。

　粘着テープはそのうえからぐるぐると巻きつけられてゆく。からだ全部巻きつけられたとき、顔にひっかかっていた釣針がはずされた。

「何をしやがんだ」

　どなったとたん、こんどは白い塗料が顔にスプレーされた。

　そして、まるたんぼうみたいに廊下に転がされ、一号室に運びこまれた。


「もう目が醒《さ》めるころ？」

　ひとみが柿沼に聞いた。

「もうそろそろだ。起こしてみな」

　ひとみは、思いっきり間宮のほっぺたをたたいたが、まだ間宮は目をあけない。

「だめだよ、そんななぐり方じゃ。まるでいい子いい子してるみたいじゃんか。私が替わってやっからよく見てな」

久美子は、トイレからスリッパを持ってくると、両手に持って間宮の両方の頬《ほお》を交互になぐった。

十発か十五発なぐっているうち、ようやく間宮は薄目をあけた。

「これはどうしたんだ？」

間宮がぼんやりした声でつぶやいた。

「それはこっちが聞きたいよ。こんなミイラみたいになったんじゃ、なんにもできないじゃん」

久美子は顔を寄せた。

「あ、君は……」

「そうだよ。おじさんと遊ぼうと思ってやって来たのに、どうしてくれるのよ」

「どうしてくれるって、だれがこんなことをしたんだ？」

「おれたちだよ」

英治、相原、柿沼、立石が顔をそろえて見せた。

「あッ、お前たちは中学生だな。こんないたずらをしおって、先生に言いつけてやるぞ」

「先生って古屋だろう？　言いつけろよ。第一、お前は何しにここへやって来たんだ？」

英治は間宮の鼻先を軽く指ではじいてやった。

「私に会いにさ。そうだろう？」

久美子が、こんどはスリッパで間宮の頰《ほお》をなでた。

「いいかい、おっさん。きょうは何もかも白状《はくじょう》してもらう。でなきゃ荒川に沈めるからな」

「何を白状するんだ」

間宮の目は揺れている。

「ここじゃ部屋が汚れるといけねえから庭へ出そう」

立石が蹴《け》とばすと、間宮はごろごろと転がって、縁側から庭石の上に落ちた。ひどい痛さに顔をしかめた。

「まず聞くぜ。おっさん、片岡美奈子先輩を安藤に売っておそわせたろう」

英治は、わざと低い声で言った。

「やらん、そんなことはやらん」

間宮は首を振る。

「このおっさん、忘れっぽくなってんだよ。花火で、ちょっと刺激してやろうぜ」

花火屋の立石は、ポケットから線香花火を出すと、それにマッチで火をつけた。

チカチカと火花が瞬《またた》いたと思うと、火の玉ができた。

「さあ、どこに落としてやろうか」

「私にもやらしてよ」

ひとみも線香花火を、間宮の顔の上でつけた。

チカチカと瞬《またた》いていた火花がなくなり、小さな火の玉が、ぽとりと間宮の鼻の頭に落ちた。

「熱ッ」間宮が叫んだ。つづいてひとみのもう少し大きい玉が落ちた。

「どうだい、ちっとは思い出したかい？」

相原は池から、バケツで水をすくうと、少しずつ鼻の上に垂らした。水は鼻と口から中に入り、間宮はむせた。

「いいたくなかったら、片岡先輩のテープを聞かせてやるよ」

イヤホンを間宮の耳に挿《さ》しこみ、美奈子のテープを流した。

テープが終ると、間宮は観念したように目を閉じた。

「黙ってないで、感想を言いなよ」

久美子が、横腹を蹴《け》った。間宮は「うッ」とうめいてから、

「わるかった」

と言った。

「それだけかい？」

こんどは日比野が、間宮の腹のうえにどしんと腰をおろした。

「どうしたらいい?」

「お前さんに、ちゃんと償《つぐな》いをつけてもらいたいんだ」

「殺すのか?」

「場合によってはな」

「殺すのだけはよしてくれ、頼む」

間宮は泣き声になった。

「じゃあ、全部正直に話すか?」

「話す」

「話すじゃねえ、話しますと言え。てめえ敬語つうもんを知らねえのか。こんどは鼻にカンシャク玉を入れてやろうか」

立石《たていし》が言った。

「話します」

「よし。それでいいんだよ」

相原は、電話機のコードを縁側まで引っ張って来て、受話器に向かって言った。

「もしもし、そちらはどうだ」

「ここにミイラが転がってるよ。宇野と天野は釣りごっこやって楽しんだのに、おれはズボン下げただけだろう。これじゃ不公平だから、一発だけやらしてもらったよ」

安永はさっぱりした声だ。

「なぐったのか？」

「顔なぐって傷つけちゃいけねえって言うから、腹を一発やってやったよ。そうしたらなんと、口からギョーザ出しやがんの。汚ねえ野郎さ」

「こっちは線香花火で楽しんでるぜ」

「チクショウ。どうしておれにもくれなかったんだよお」

安永は口惜《くや》しがっている。

「いまから間宮が喋《しゃべ》るそうだから、安藤にも聞かせてやってくれ」

「OK、はじめていいぜ」

「最初から、殺すつもりはなかったんだ」

間宮は、つっかえながら話しはじめた。

競馬好きの間宮は、負けがこんだことから安藤に借金し、ずるずる深みにはまりこんでいった。

安藤は、金を返せなくなった間宮に麻薬か女の斡旋《あっせん》をやれと言った。

そんなとき、たまたま片岡美奈子が万引きしたので、脅《おど》かして車に乗せ、睡眠薬を飲ませて、安藤におそわせた。

最初一度きりという条件だったが、安藤はもう一度どうしてもやりたいと言う。そこで古屋に頼んで、美奈子を脅《おど》かし、もう一度、永楽荘アパートにつれこんだ。夏休みの終り、間宮は古屋から美奈子は妊娠し、何がなんでも産むのだと言っていることを知らされる。

そうなったら、間宮も安藤も身の破滅である。安藤は間宮に、美奈子を消してしまうことを命じた。

そこで間宮が古屋と考えたのは偽装自殺である。〝私は死にます〟の遺書は古屋からもらい、屋上に登るための学校の鍵《かぎ》も、古屋から借りて複製した。

九月五日の午後、間宮は美奈子を永楽荘アパートに呼び出し、四号室に監禁した。夜になって、美奈子をなぐって失神させ、寝袋に入れて運び出したのは安藤である。

間宮は、中学のフェンスに破れ目があり、生徒がこっそり出入りしているのを知っていたので、そこから中学へ美奈子を運びこんだ。

間宮は本館裏に寝袋を置き、合鍵《あいかぎ》でドアをあけると屋上まで登りロープを垂らした。下で安藤が引き揚げろという合図をしたが、どうしても揚げることができなかった。業《ごう》を煮やした安藤が屋上まで上がって来て、ロープで引き揚げ、寝袋からまだ失神していたままの美奈子を出すと下に放り投げた。

そのあと間宮は、遺書とスニーカーをそろえ、寝袋とロープを持っておりた。

間宮の長い話が終った。

「どうだ。これでまちがいないか？」

相原は、送話口に向かって言った。

「まちがいない。殺したのはおれだ」

安藤の意外にしっかりした声がしたと思うと、

「かっこうつけんじゃねえ。この人殺し野郎！」

安永のどなり声と同時に、安藤のうめき声が聞こえた。

きっと、どこか痛めつけたにちがいない。

それまで、じっと耐えるようにして黙っていた水原由紀が、

「人殺し！」というなり間宮の顔を足で踏みつけた。

ひとみが、間宮の残り少ない髪をつかんだ。とたんに、カツラがぽろりと落ちて、
つるつるの頭があらわれた。

ひとみもみんなも、泣きながら笑った。

「いまは美術の秋だから、ミイラ二つを上野《うえの》の森に立てといたら、みんながびっくり
するぜ」

英治が急に思いついて言った。

「それ、面白いね」

久美子が言ったとき、受話器から瀬川の声がした。

「捜査本部へは君の方から連絡して、引き取りに来させろ。そいつらに無茶するなよ。悪いのは一人じゃない。三人がみんな悪いんだ」

瀬川の声も、いつもとちがってひどく悲しそうだ。

「おとなが三人がかりでやるなんて、キタナ過ぎるよ」

久美子は、また間宮をなぐろうとしたが、その手を相原が押さえた。

「口惜《くや》しい」

由紀は拳《こぶし》で地面をたたいている。

相原が捜査本部に電話している間に、英治は、ロープと寝袋と合鍵《あいかぎ》をどこへやったか間宮に聞いた。

「ロープと寝袋はうちの物置きにある。合鍵は校庭の隅《すみ》に埋めた」

あれだけ現場を捜したのに、校庭の隅だったとは……。

エピローグ

翌日の朝刊は、片岡美奈子殺害の犯人および共犯者が逮捕されたことを大々的に報じていた。

しかし、英治たち中学生のことは一行も載っていない。それは英治たちが、新聞に出してくれるなと杉崎にみんなで頼んだからである。

犯人逮捕に協力した中学生なんてことになったら、マスコミのかっこうのエサだ。テレビ・雑誌・新聞が殺到するだろう。

そうなったら、恥ずかしくて学校にも行けないし、街も歩けなくなる。

みんなの必死の頼みによって、警察が何も言わなかったので、平穏《へいおん》な翌日を迎えることができた。

古屋はその日学校にはやって来なかった。きっと警察に自首したにちがいない。

もしやって来たら、屋上から吊《つ》るしてやろうと思っていたのに。

安藤は登記《とうき》を元どおりにしたので、石坂さよの老人アパート建設計画は、発足《ほっそく》できる見通しが立った。

幸い、園児の中にかなりの不動産を持っている老人がいて、自分の不動産を処分して、老人アパートを建て替える資金を出すことを約束してくれた。

土曜日、学校が終って子どもたちは老稚園《ろうちえん》を見に行こうということになった。

開園以来、授業の都合で老人たちがどんなことをしているのか全然知らないのだ。

老稚園の近くまで行くと音楽が聞こえてきた。あれは、いつか小さいとき歌った歌だ。

〽お手手つないで
野道を行けば
みんなかわいい小鳥になって
………

しわだらけの園児たちが手をつないで、歌を歌いながら先生を中心にして、踊りみたいなことをしている。

動作はぎこちないが、まるで子どもにかえったみたいにどの顔も楽しそうで、見ていると、思わず微笑がもれてくる。

老人の中に、瀬川もさよもいた。

「相原、天使ゲームってのは、面白いけど、おれたちにはどうもしっくりこねえよ」

安永が言った。

「なんで？」

純子が聞いた。

「だってさ。こんなにみんなを喜ばせちゃったんじゃさ、こそばゆくて、ジンマシンが出そうなんだ」

「それは言える」

日比野が言った。

「結局、おれたちがいいことをやるってことはさ、おとなの思うツボにはまることかもしれねえぜ」

中尾がつぶやいた。

「うん。そうかもな」

相原は、腕を組んでしばらく黙っていたが、

「じゃあ、こんどは狼少年《おおかみしょうねん》ごっこってのをやろうか。これならおとなをきりきり舞いさせることができるぜ」

「狼少年って、うそついて欺《だま》すんだろう。それなら賛成だ」

安永が言うと全員が「賛成」と言った。

「やっぱり、私たちは、いいことよりわるいことする方が向いてるよ」

久美子が言った。

「そうだよな。その方が面白さがちがうよ」

ひとみだけが、みんなの言葉を聞いていなかったみたいに、ぽつんと英治に言った。

「二十三日って秋分の日でしょう」

「そうだよ。それがどうしたっていうんだ？」

「秋分の日ってのはお彼岸《ひがん》だから、お墓参りする日よ」

そう言えば、英治も両親につれられて、多磨霊園《たまれいえん》に行ったことがある。

「片岡先輩、まだお墓ないと思うから、家にお参りに行こうよ」

「うん」

英治は空を見上げた。薄い雲がゆっくりと移動している。

夏休みのあのときは夏の空だったのに、きょうは秋の空だ。

「あんなことで殺しちゃうなんて、ひど過ぎるよ」

ひとみはまた泣き出した。

――おれは泣かないぞ。

英治は、空を眺《なが》めたまま、しっかりと歯をくいしばった。

本書は一九八七年四月、角川文庫として
刊行されました。改版にあたり、著者の
校訂を経て、文字を大きくいたしました。

ぼくらの天《てん》使《し》ゲーム

宗《そう》田《だ》 理《おさむ》

昭和62年 4月10日 初版発行
平成26年 7月25日 改版初版発行
令和6年 4月25日 改版10版発行

発行者●山下直久

発行●株式会社KADOKAWA
〒102-8177 東京都千代田区富士見2-13-3
電話 0570-002-301(ナビダイヤル)

角川文庫 18663

印刷所●株式会社KADOKAWA
製本所●株式会社KADOKAWA

表紙画●和田三造

●お問い合わせ
https://www.kadokawa.co.jp/ (「お問い合わせ」へお進みください)
※内容によっては、お答えできない場合があります。
※サポートは日本国内のみとさせていただきます。
※Japanese text only

ISBN978-4-04-101620-6 C0193

◆◇◇

角川文庫発刊に際して

角川源義

第二次世界大戦の敗北は、軍事力の敗北であった以上に、私たちの若い文化力の敗退であった。私たちの文化が戦争に対して如何に無力であり、単なるあだ花に過ぎなかったかを、私たちは身を以て体験し痛感した。西洋近代文化の摂取にとって、明治以後八十年の歳月は決して短かすぎたとは言えない。にもかかわらず、近代文化の伝統を確立し、自由な批判と柔軟な良識に富む文化層として自らを形成することに私たちは失敗して来た。そしてこれは、各層への文化の普及滲透を任務とする出版人の責任でもあった。

一九四五年以来、私たちは再び振出しに戻り、第一歩から踏み出すことを余儀なくされた。これは大きな不幸ではあるが、反面、これまでの混沌・未熟・歪曲の中にあった我が国の文化に秩序と確たる基礎を齎らすためには絶好の機会でもある。角川書店は、このような祖国の文化的危機にあたり、微力をも顧みず再建の礎石たるべき抱負と決意とをもって出発したが、ここに創立以来の念願を果すべく角川文庫を発刊する。これまで刊行されたあらゆる全集叢書文庫類の長所と短所とを検討し、古今東西の不朽の典籍を、良心的編集のもとに、廉価に、そして書架にふさわしい美本として、多くのひとびとに提供しようとする。しかし私たちは徒らに百科全書的な知識のジレッタントを作ることを目的とせず、あくまで祖国の文化に秩序と再建への道を示し、この文庫を角川書店の栄ある事業として、今後永久に継続発展せしめ、学芸と教養との殿堂として大成せんことを期したい。多くの読書子の愛情ある忠言と支持とによって、この希望と抱負とを完遂せしめられんことを願う。

一九四九年五月三日